句型通

Master of Sentence Patterns

主編／段雲禮　副主編／孔祥永

編者／田路 洪薇 虞京春 竇瑞金　編審／李文玲

三民書局

Grammar Guru

國家圖書館出版品預行編目資料

句型通 Master of Sentence Patterns／段雲禮主編.－－
初版二刷.－－臺北市：三民，2012
面；　公分.－－(文法咕嚕Grammar Guru系列)

ISBN 978－957－14－5100－8　(平裝)
1.英語 2.句法

805.169　　　　　　　　　　　　　　　　97017674

© 　句型通 Master of Sentence Patterns

主　　　編	段雲禮
副 主 編	孔祥永
編　　者	田　路　洪　薇　虞京春　竇瑞金
編　　審	李文玲
責任編輯	李協芳
美術設計	郭雅萍

發 行 人	劉振強
著作財產權人	三民書局股份有限公司
發 行 所	三民書局股份有限公司
	地址　臺北市復興北路386號
	電話　(02)25006600
	郵撥帳號　0009998-5
門 市 部	(復北店) 臺北市復興北路386號
	(重南店) 臺北市重慶南路一段61號

出版日期	初版一刷　2008年10月
	初版二刷　2012年10月修正
編　　號	S 807560

行政院新聞局登記證局版臺業字第○二○○號

有著作權‧不准侵害

ISBN　978-957-14-5100-8　　(平裝)

http://www.sanmin.com.tw　三民網路書店
※本書如有缺頁、破損或裝訂錯誤，請寄回本公司更換。

序

如果說，單字是英文的血肉，文法就是英文的骨架。想要打好英文基礎，兩者實應相輔相成，缺一不可。

只是，單字可以死背，文法卻不然。

學習文法，如果沒有良師諄諄善誘，沒有好書細細剖析，只落得個見樹不見林，徒然勞心費力，實在可惜。

Guru 原義指的是精通於某領域的「達人」，因此，這一套「文法Guru」系列叢書，本著 Guru「導師」的精神，要告訴您：親愛的，我把英文文法變簡單了！

「文法 Guru」系列，適用對象廣泛，從初習英文的超級新鮮人、被文法糾纏得寢食難安的中學生，到鎮日把玩英文的專業行家，都能在這一套系列叢書中找到最適合自己的夥伴。

深願「文法 Guru」系列，能成為您最好的學習夥伴，伴您一同輕鬆悠遊英文學習的美妙世界！

有了「文法 Guru」，文法輕鬆上路！

給讀者的話

要想學好英語，特別是地道的英語，就必須掌握英語句型。時常聽到有人這樣說：「英語的單字難記，句子更是如此。因為句子包括長句、短句、簡單句、複合句，而它們之間的變化轉換更是複雜，令人難以捉摸。」這種想法是不對的。其實，英語的句子是有規律可循的，將句子的規律進行分析歸類，便成了句型。

句型的特點是：形式固定，重點明確，容易記憶。句型融有語法，藉由句型能更有效地掌握語法，並能提高對單字和片語的記憶及應用，以此能達到與人成功交流的目的。

本書特色如下：

1. 全面歸納闡釋英語語法所涉及到的句型。本書不僅提供每個句型的結構形式，同時輔以相關例句，並加上例句中譯。

2. 對重點句型進行解析。每個句型都詳細地說明了其特點和需要注意的地方。

3. 解決一般句型書未能解決的用法疑問。本書也針對英語中出現的一些無法歸類的疑難句型進行講解，以幫助讀者英語解決句型方面的問題。

本書編寫力求完善，如有疏漏之處，尚請各界不吝指正。

4 副詞子句 Adverbial Clauses

5 句子的時式與時態 Tenses and Aspects

6 句子的被動語態 Passives

8 動名詞 Gerunds

10 助動詞 Auxiliaries

③ S + be/V + as + Adj/Adv + as + one can.
➔ S + be/V + as + Adj/Adv + as possible.

15 疑問句 Interrogative Sentences

16 感嘆句 Exclamations

17 否定句 Negation

18 假設語氣 Conditionals

$$\textcircled{1} \begin{cases} \text{But for} \\ \text{Without} \\ \text{If it were not for} \\ \text{Were it not for} \end{cases} + \text{N(P), S + would/should/could/might + V....}$$

$$\textcircled{2} \begin{cases} \text{But for} \\ \text{Without} \\ \text{Had it not been for} \end{cases} + \text{N(P), S + would/should/could/might +have+V-en....}$$

b 表示「堅持 / 建議 / 要求 / 命令…」的假設語氣 ········· 206
S+ insist/suggest/ask/order+ that + S (+should) + V (原形)....

c 表達「說話者」的主觀意見 ·········· 207
It + be + Adj + that + S (+should) + V....
...N +that +S (+should) +V....

d It +be +Adj/N+ that + S +should +V.... ·········· 208

19 倒裝句型 Inversion

19–1 否定副詞的倒裝（部分倒裝）**After Negative Adverbs** ········· 210

$$\text{Negative Adverb} + \begin{cases} \textbf{be + S} \\ \textbf{Aux + S +V} \\ \textbf{have/has/had + S + V-en} \end{cases}$$

19–2 **neither、nor、so** 的倒裝 (部分倒裝) **After Neither, Nor, and So** ····· 211
  a ..., and + so + Aux/be + S. ·········· 211
    ➡ ..., and + S + Aux/be, too.
    ➡ So + Aux/be + S.
  b and + neither/nor + Aux/be + S. ·········· 212
    ➡ ...., and + S + Aux/be + not, either.
    ➡ Nor Aux/be + S.

19–3 副詞的倒裝 **After Adverbial Expressions** ·········· 212
  a Here/There/Next/Now/Then/First/Again + V + S. ······ 212
  b 地方副詞 (片語)+ V/be + S. ·········· 213
  c Up/Away/Out (介副詞) + V + S ·········· 213
  d 表次數或頻率的副詞 + Aux + S + V.... ·········· 214
  e Only + Adverb Phrases/Clauses + Aux + S + V.... ········ 214

C20
句型通 Master of Sentence Patterns

20 直接引句及間接引句 Direct and Indirect Speech

略語表

Adj	Adjective 形容詞
Adj-er	形容詞的比較級
Adv	Adverb 副詞
Adv-er	副詞的比較級
Aux	Auxiliary 助動詞
DO	Direct Object 直接受詞
IO	Indirect Object 間接受詞
N	Noun 名詞
NP	Noun Phrase 名詞片語
O	Object 受詞
OC	Object Complement 受詞補語
Prep.	Preposition 介系詞
Prep. Phrase	Prepositional Phrase 介系詞片語
S	Subject 主詞
sb.	somebody 某人
SC	Subject Complement 主詞補語
sth.	something 某事
that-clause	That 所引導的子句
V	Verb 動詞
V-ed	Past Tense 過去式
V-en	Past Participle 過去分詞
Vi	Intransitive Verb 不及物動詞
V-ing	Present Participle/ Gerund 現在分詞／動名詞
Vt	Transitive Verb 及物動詞
wh-	Wh 開頭的疑問詞 (What/ Why/ When/ Where/ How)

句型通
Master of Sentence Patterns

五大句型

1-1 完全不及物動詞用法

S + Vi

不及物動詞不需接受詞。而完全不及物動詞不需要補語就可表達完整的意思。

a 其後沒有任何修飾語

★ Not all birds can **fly**.　並非所有的鳥類都會飛。

★ Food prices are **rising**.　食物價格上漲。

b 其後有修飾語

表示「地方、時間、狀態」的修飾字詞、片語或子句。

★ The little girl is **crying** *very sadly*.

小女孩哭得好傷心。（表示「狀態」）

★ The performers **danced** *gracefully on the stage*.

演出者在舞臺上很優美地跳著舞。（表示「狀態、地方」）

★ That man **lied** *a lot since his childhood*.

那個人從小就常常說謊。（表示「狀態、時間」）

★ I **lived** *in London in my 30s*.

我三十幾歲時住在倫敦。（表示「地方、時間」）

★ Don't **talk** *loudly on a cell phone in public places*.

在公共場所不要大聲講手機。（表示「狀態、地方」）

★ The earthquake **happened** *while I was taking a shower*.

地震發生時我正在淋浴。（表示「時間」）

★ Balloons **come** *in all shapes and colors*.

有各種形狀和顏色的氣球。（表示「狀態」）

😃 Extra　　**S + Vi + Prep. + O**

有些完全不及物動詞和介系詞連用就可以有受詞：

(1) I asked her to stay inside, but she wouldn't **listen**.

我要求她待在室內，但她不聽。

All the visitors were **listening** attentively *to the guide*.

所有遊客都在注意聽導遊說話。

(2) Can all parrots **talk**?　　所有的鸚鵡都會說話嗎？

The professor is **talking** *about parrots*.　　教授正在談鸚鵡。

(3) I know I'll just have to **wait** and **see**.　　我知道我只好等等看。

How long have you been **waiting** *for her*?　　你等她等了多久？

😊 小叮嚀

字典是最好的幫手！不及物動詞之後會出現的介系詞各有不同，無法詳盡列出，而且很多動詞同時有不及物和及物兩種用法，至於一個動詞是及物還是不及物用法，是不能以中文的邏輯判斷的。要能正確使用這些動詞最好的方法就是參考字典，多讀多學，然後熟記。

1-2　不完全不及物動詞用法

S + Vi + SC

不完全不及物動詞是需要補語才能完整地表達句意的，例如在 A cat is a wonderful companion. 和 She felt sad. 兩個句子中，只有 A cat is 或 She felt 而沒有 a wonderful companion 和 sad 兩個名詞片語和形容詞作為補語，句意是不完整的。

a be 動詞用法

S + be + SC (N/ Adj/ V-en/ V-ing/ Prep. Phrase/ to V....)

Be 動詞是最具代表性的不完全不及物動詞，補語常常是，

(1) 名詞、動名詞、不定詞：

★ Mr. Wilson is **the most excellent doctor** in our area.

Wilson 先生是我們地區最優秀的醫生。（名詞）

★ Helen is **going** to her office this afternoon.

Helen 今天下午要進辦公室。（動名詞）

★ My short-term goal is **to save 30 percent of my salary**.

我的短程目標是把我薪水的百分之三十存起來。（不定詞）

(2) 形容詞、有形容詞性質的分詞：

★ Life in Taipei is **busy and fast- paced**.

臺北的生活繁忙而且步調很快。（形容詞）

★ I slept all afternoon, but I am still **exhausted**.

我睡了整個下午，但還是很疲累。（形容詞性質的分詞）

★ The situation is so **confusing** that I can't decide what to do next.

情況很混亂，我無法決定下一步要怎麼做。（形容詞性質的分詞）

(3) 地方副詞、介系詞片語、介副詞：

★ My cell phone must be **somewhere in the house**.

我的手機一定在屋子裡的某個地方。（地方副詞）

★ Their vacation house was **on the top of the hill**.

他們家的度假屋在山頂上。（介系詞片語）

★ Stop writing when time is **up**.

時間到了就要停筆。（介副詞）

b 表示「感官知覺」的動詞

S + feel/ smell/ sound/ taste/ look + SC (Adj/ V-ing/ Prep. Phrase)

★ The optical mouse **feels** smooth.

這個光學滑鼠摸起來很光滑。

★ Do you often **feel** lonely and depressed?

你常常覺得寂寞和沮喪嗎?

★ I didn't **feel** in a good mood then.

那時我心情不好。(介系詞片語)

★ The flowers **smell** fantastic.

這些花聞起來棒極了。

★ Your explanation **sounds** illogical.

你的解釋聽起來不合邏輯。

★ Their pancake **tasted** terrible.

他們的鬆餅嚐起來味道很可怕。

★ Why did she **look** angry and tired?

她為什麼看起來生氣又疲倦?

☺ 小叮嚀

feel、smell、taste 完全及物動詞的用法

例如,下面第一個例句中,第一個 taste 是完全及物動詞,而第二個 taste 是這裏講解的不完全不及物動詞。第二個例句中 a bump 中是 felt 的受詞。

1. She **tasted** the dish and said it **tasted** delicious.

她嘗了一下那道菜說它嘗起來很好吃。

2. Doctor **felt** a bump in her stomach.

醫生觸摸到她腹部有個腫塊。

---

1. The man <u>looks</u> **like** a barbarian.
   這個人看起來像野蠻人。
2. The dish <u>smells</u> **like** pork, but <u>tastes</u> **like** chicken.
   這道菜聞起來像豬肉，嚐起來像雞肉。
3. I hate whatever <u>tastes</u> **of** garlic.
   我討厭任何有蒜味的食物。

c 表示「似乎 / 好像」的動詞

S + appear/ seem + (to be) + Adj
S + appear/ seem + to be + N

appear、seem 和補語間時常省略 to be，但補語是名詞時通常不可省略。

★ The girl **appears** (to be) <u>very shy</u> on the stage.
   那個女孩在舞臺上顯得十分害羞。(形容詞)

★ This **appeared** to be <u>a sign of the times</u> that 35 companies claim bankrupt
   this month.　這個月三十五家公司宣佈破產，這似乎是現今的景氣。(名詞)

★ Lisa **seems** (to be) <u>happy</u> in her class.
   Lisa 在她班上似乎很快樂。(形容詞)

★ The old man in black **seemed** to be <u>the boss</u>.
   那個穿黑衣的老人似乎是個老闆。(形容詞)

appear、seem 之後還可以用 be 動詞以外的動詞。

1. The extensive media coverage of severe earthquake **appeared** to distract public
   attention from the corruption scandal.
   媒體大篇幅報導大地震消息似乎轉移人們對貪瀆弊案的注意。
2. I **seemed** to <u>remember</u> that Julia had visited us.
   我似乎記得 Julia 來看過我們。

d 表示「保持、依然」的動詞

S + hold/ keep/ lie/ remain/ stay + SC (Adj/ V-en/ Prep. Phrase)

★ The agriculture production should **hold** steady after mid-June.

農產品的產量在六月中旬之後應該可以保持平穩。(形容詞)

★ Matthew drank a cup of coffee to **keep** awake in the meeting.

Matthew 喝了杯咖啡以便於在會議中保持清醒。(形容詞)

★ The once prosperous movie theater now **lies** in ruins.

曾經鼎盛的戲院如今已成廢墟。(介系詞片語)

★ The number of victims in the airplane crash **remained** unknown.

空難罹難者的人數依然未知。(形容詞)

★ The air-conditioning has **stayed** broken for ten days.

空調系統已經壞掉十天了。(形容詞性質的分詞)

e 表示「變成」的動詞

S + become/ fall/ get/ go/ grow/ run/ turn/ come + SC (Adj)

★ It **becomes** warmer every March in this area.

本地區每年三月變暖。

★ He **fell** asleep with his headphone on.

他帶著耳機睡著了。

★ Ice **got** thicker and thicker as the temperature fell.

隨著溫度的下降，冰變得越來越厚。

★ Milk **goes/ turns** sour easily in summer.

牛奶在夏天很容易變酸。

★ When I **grow** older, I'll wear red or purple.

我年長一些的時候會穿紅色或紫色衣服。

★ Gas **ran** short as we traveled through the desert.

我們穿越沙漠的時候，汽油不夠用了。

★ I tripped because my shoes **came** untied.

我絆倒是因為鞋帶鬆掉了。

😊 **Extra** | **become/ turn + SC(N)**

become、turn 這兩個動詞之後的名詞也可以作為補語。

★ His former friend **became** his enemy.
他以前的朋友變成了敵人。

★ Alice **turned** an arrogant women as years went by.
隨著時間的改變，Alice 變成了一個傲慢的女人。

1-3 完全及物動詞用法

S + Vt + O

及物動詞是需要受詞的，受詞必須是名詞、動名詞、不定詞、名詞子句。而完全及物動詞則是只需要受詞而不需要補語就可以使意思完整的。

★ The girl **played** the piano for her grandparents.

女孩為祖父母彈奏鋼琴。（名詞）

★ Fruit **require** washing before eating them.

水果在吃前需要洗過。（動名詞）

★ I **forget** to return the DVD on Friday.

我忘了在週五還 DVD。（不定詞）

★ I'm **wondering** why I haven't received the letter you mailed last month.

我很想知道為什麼我還沒有收到你上個月寄來的信。（名詞子句）

1-4 不完全及物動詞用法

S + Vt + O + OC

不完全及物動詞不僅需要受詞，還需要受詞補語，才能使意思完整。

a 表示「認為、覺得」的動詞

S + believe/ consider/ think/ find + O + OC (Adj/ N)

★ The principal **believed** him *reliable*.

校長相信他是可靠的。

★ All the representatives **considered** his reply *satisfactory*.

所有代表都認為他的答覆令人滿意。

★ We **thought** Jim *a good student*.

我們認為 Jim 是個好學生。

★ The new resident **found** the house *haunted*.

新搬來住的人發現這屋子鬧鬼。

☺ Extra | consider/ find + O + to be + Adj/ N

★ We considered/ found him **to be** *an emotional person*.
我們認為（覺得）他是很情緒化的人。

☺ Extra | that 子句作為受詞

★ I think (**that**) it is an absurd idea.
我覺得這是個荒唐的想法。

★ The chairperson believed (**that**) this proposal was concrete and feasible.
主席相信這項提議是具體可行的。

b 表示「稱呼」的動詞

S + call/ name + O + OC (N)

call 和 name 用來表示「把某物或某人稱作什麼，或命名為什麼」。

★ We sometimes **call** America *Uncle Sam*.

我們有時把美國稱作山姆大叔。

★ Mr. Johnson **named** his yacht *the Blue Ocean*.

Johnson 先生將他的艘遊艇命名為藍海。

c 表「任命、選」的動詞

S + appoint/ choose/ elect/ name/ nominate + O + OC (N)

這些動詞表示「任命、選舉、提名某人某職務或職位」。

★ We **chose** Alice *our class leader*.

我們選 Alice 為班長。

★ The city residents **elected** Mr. Wright *mayor of the city*.

市民選 Wright 先生為市長。

★ They **nominated** me *the student representative*.

他們指派我為學生代表。

★ The administrator **appointed** Mr. White *chairperson of the committee*.

行政主管任命 White 先為委員會的主席。

😀 **Extra**　　choose/ elect/ appoint + O + as + OC

★ Mr. White **appointed** Eric **as** *his successor*.
White 先生選 Eric 當他的接班人。

★ The ABC Bank **chose** Taipei **as** *its headquarters*.
ABC 銀行選擇台北為其企業總部據點。

d 使役動詞

① S + have/ let/ make + O + OC (V)

這些動詞表示「使某人做某事或促成某事」：

★ Maria **had** her hair *cut*.　瑪麗亞剪了她的頭髮。

★ **Let** my brother *help* you.　讓我弟弟來幫你。

★ The trainer **made** the dog *catch* a Frisbee.　訓練師要狗接飛盤。

★ I accidentally **made** Joyce *cry*.　我不慎把 Joyce 弄哭了。

☺ **Extra**　　get + O + OC (to V)

get 也有表達使某人做某事的意思，但用法不同：

★ Let's **get** him *to buy* a copy of *Newsweek*.
　我們叫他去買一份新聞週刊吧。

② S + have/ get / make + O + OC (V-ing/ V-en)

這些動詞表示「促成某事或使…達到某種狀態」：

★ We **have** clothes *washed* every Saturday.

　我們每週六都讓人把衣服洗了。

★ The performer **had** all the audience *laughing*.

　演出者讓觀眾笑個不停。

★ Don't **get** the driver *drunk*.

　不要讓駕駛喝醉了。

★ Curiosity **made** the boy *asking* questions.

　好奇心讓孩子不停地問問題。

★ Mr. Smith spoke loudly to **make** everyone present *heard*.

　Smith 先生放大聲音說話，好讓在場的人都聽到。

make 表示「使得」的意思時，受詞補語可以是 Adj/ N

★ His comment will probably **make** the situation *worse*.

　他的評論很可能使得情況更糟。

★ Perseverance **made** him *an Olympic champion*.

　堅韌不拔使他成為奧運冠軍。

e 表示「使保持…狀態」的動詞

S + keep/ leave + O + OC (V-ing/ Adj/ Prep. Phrase)

★ It is not wise to **keep** your customers *waiting*.

　讓你的顧客等候是不智的。

★ My sister always **keeps** her room *neat* and *tidy*.

　我妹妹總是把房間保持得整齊清潔。

★ The horror movie **keeps** us *in suspense*.

　這部恐怖電影讓我們一直忐忑不安。

★ It's not good to **leave** him *standing* in the rain.

　讓他一直站著淋雨是不妥的。

★ Don't close the window. Please **leave** it *open*.

　不要關窗。請讓它開著。

★ The explosion **left** 16 policemen *dead*.

　這場爆炸讓 16 名警察死亡。

f 感官動詞

S +（感官動詞）+ O + OC (V/ V-ing/ V-en)

★ I **saw** the dog *licking* its plate.

　我看見狗不停地舔著盤子。

★ I **noticed** a stranger *enter* the room.

我注意到一個陌生人走進了房間。

★ Did you **hear** someone *whispering* outside？

你聽見有人在外面悄悄說話嗎？

★ We **watched** the building *painted* green.

我們看著大樓被漆上綠色。

★ The old man **felt** drops of tears *dripping* down his face.

老人感覺到淚珠滑落到臉上。

😊 **Extra**　**S + see + V/ V-ing** 的比較

1. OC 為 V 和 V-ing 時，句子的意義有所不同。 see + O + V 表示看到了事物的全過程，而 see + O + V-ing 表示看到了事物正在進行的動作。對比以下兩個句子：

★ I **saw** the dog *licking* its plate.

我看見狗在舔盤子。

➔ 從看見它之前它就在舔盤子，離開時它依然在舔盤子，而看見它正在進行的動作。

★ I **saw** the dog *lick* its plate.

我看見狗舔了盤子。

➔ 我看見了狗舔盤子的全過程，從開始到結束。

2. OC 為 V 時，V 是從不定詞 **to V** 省略 **to** 而來的。因此，當這個句型變成**被動語態**時，to 還要添加上。相關動詞有 hear、notice、observe、see、watch 等。

★ The dog **was seen** to lick its plate.

狗被看見它舔了盤子。

★ The man **was noticed** to enter the room.

一名男子被注意到走進了房間。

★ The politician **was heard** to plot aganist the government.

有人聽到政客密謀政變。

1-5 有「雙受詞」的動詞

S + Vt + IO + DO
➡ S + Vt + DO + Prep. + IO

(1) 這類動詞表示「給予」的 give、bring、hand、lend、send、pay、show、offer、 get、 grant、award、fetch，表示「允許、許諾」allow、promise …等。

(2) 雙受詞中一個是直接受詞 DO，一般指動作的直接承受者(物)；另一個是間接受詞 IO， 一般指動作的間接承受者（人）。間接受詞可以在直接受詞之前（IO + DO）；如果直 接受詞位於間接受詞之前，則中間要由介詞 to 相連，有時也可以用 for（DO + prep. + IO）：大部分動詞用 **to**；make、choose、fetch、play、get 用 **for**。

★ I **gave** *him* some chocolate on Valentine's Day.

➡ I **gave** some chocolate **to** *him* on Valentine's Day.

情人節時我給了他巧克力。

★ The manager **promised** *us* a bonus at the end of the meeting.

➡ The manager **promised** a bonus **to** *us* at the end of the meeting.

在會議結束後經理答應給我們獎金。

★ I **paid** *him* fifty dollars for the book.

➡ I **paid** fifty dollars **to** *him* for the book.

我為那本書付了五十塊錢給他。

★ I **made** *her* a little present.

➡ I **made** a little present **for** *her*.

我為她做了一件小禮物。

★ The restaurant **played** *us* some light music.

➡ The restaurant **played** some light music **for** *us*.

餐館為我們播放了一些輕音樂。

Extra **S + Vt + Do + Perp. + IO**

以下兩種情況比較用 **S + Vt + DO + prep. + IO** 更加合適：

1. **DO 和 IO** 都是代名詞：

★ The servant **brings** that **to** her.　佣人把那拿來給她。

★ I have **fetched** it **to** her.　我已經拿來給她了。

★ We **chose** this **for** him.　我們為他選這個。

2. 當 IO 比較長時，尤其是比 DO 更長時：

★ We will **grant/ award** this prize *to* all the people who have helped us.
我們把這項獎頒發給所有幫助過我們的人。

★ Please **make** *some food* **for** those backpackers who are lost in the mountain.
請給那些在山上迷路的背包客們做些吃的。

名詞子句

名詞子句作主詞

a **That-/ Wh- clause + 單數 V...**

句子的主詞是一個由 that 或 what 引導的子句。動詞一定要用**單數**。

★ That mothers devote their love to children **is** unquestionable.

毫無疑問,母親都是愛孩子的。

★ That the boy lied to his mother deeply **hurt** her feelings.

那個孩子撒謊,深深地傷害了媽媽。

★ What he did **deserves** our respect.

他所做的值得我們尊敬。

★ What he said **is** true.

他說的是真的。

b **It + be + Adj/ N(P) + that-clause**

(1) 補語可以是形容詞、名詞或名詞片語,作為 that 引導的子句的評價。

(2) 真正主詞是 **that** 子句,而 it 只是個「虛主詞」。這樣表達的方式是為了避免句子頭重腳輕。

★ It was **embarrassing** that my father always boasted about my ability to my teacher.　爸爸以前總是跟老師誇讚我的能力,真讓我難堪。

★ It is **absolutely appropriate** that we open the gift as soon as we receive it.

收到禮物馬上打開是絕對可以的。

★ It was **our pride** that we won the first place.

我們獲得了冠軍，十分驕傲。

★ It is no **laughing matter** that he broke his leg.

他摔傷了腿可不是什麼好玩的事。

★ It is **a pity** that we can't go.

我們不能去真是遺憾。

😀 **Extra**　　與分裂句 **It is + N + that-clause** 的比較

這句型和分裂句不同。分裂句中的名詞是子句中要強調的內容，而不是要作為修飾子句。

★ It was **in 1994** that John Nash won the Nobel Prize.

正是在 1994 年，John Nash 獲得了諾貝爾獎。（強調時間是 1994 年，而不是其他年份。）

★ It is **important** that we hand in the report on time.

重點是我們準時交報告。（分裂句無法特別強調形容詞，故為虛主詞的句型。）

2-2　名詞子句作受詞

a　S + V + O (that-/ wh- clause)

受詞若是 that 子句時，可以省略 that。

★ The witness claimed (that) **the man was the murderer**.

目擊者稱那個人是兇手。

★ I suppose (that) **it's my present**.

我認為這是給我的禮物。

★ I think (that) **we need to talk**.

我認為我們得談談。

★ I believe (that) **he will arrive on time**.

我相信他會準時到達的。

★ He told me **how coffee beans were ground**.

他告訴我咖啡豆是怎麼磨的。

★ I didn't realized **why she had made an unannounced visit then**.

我不明瞭她為什麼沒先通知一聲就來了。

★ She taught me **what I should do next**.

她教我下一步該做什麼。

☺ Extra　其他相關用法

(1) 做受詞用的 that 子句 that 經常可以省略，但是當兩個或兩個以上受詞子句並列時，後面的 that 通常不省略。

★ Lily assured me (that) she would show up that day, and **that** she would bring a present.　Lily 向我保證她那天會來，並且帶一件禮物。

★ The babysitter told the mother (that) she bathed the baby at three, and **that** she fed the baby at six sharp.　保姆告訴媽媽說，她三點給孩子洗澡，六點整給孩子餵飯。

(2) 當動詞為 suppose、think 或 believe 時，句子的否定要在主要子句：

★ I don't **suppose** (that) it's my present.

我覺得這不是給我的禮物。

★ I don't **think** (that) we need to talk.

我認為我們沒必要談。

　➡ 這一點和中文習慣有很大差異，請格外注意。

(3) 當主要子句的動詞為**現在式**，子句動詞的時態可以**不受限制**。主要子句的動詞為**過去式**時，從屬子句動詞的時態則應該變成**過去完成式**，和主要子句呼應。這是因為從屬子句的動作發生在主要子句的動作之前。以上面出現的句子為例：

★ I **didn't realized** why she **had made** an unannounced visit then.

我不明瞭她為什麼沒先通知一聲就來了。

　➡ "she had made ..." 這件事發生在 "I realized" 之前，即所謂 " 過去的過去 "，所以要用過去完成式。但是，當子句表達的是一個**客觀事實**時，那麼它動詞的時態就不受限制了，仍然要用**現在式**。

★ The teacher **told** us (that) the earth **travels** around the sun.

老師曾告訴過我們，地球繞著太陽轉。

b S + V (take/ find/ think/ consider) + it + Adj/ N + that-clause

(1) 此句型表達某人覺得、相信或認為某事 (that-clause) 如何 (Adj/ N)，通常用 it 作為形式受詞，以求句子的平衡。句子中的形容詞和名詞表示主詞對 that 子句內容的看法。

(2) 這個句型名詞子句的 that 不可以省略。

★ I **take** it *a great honor* **that** I have been invited to the housewarming party.
   我被邀請參加喬遷慶宴，感到十分榮幸。

★ Everybody **found** it *surprising* **that** the shy girl showed up in the party.
   那個害羞的女孩來參加了聚會，大家都驚訝。

★ I **find** it *an excitement* **that** I'll travel across America next month.
   我下個月要到美國各地旅行了，感覺很興奮。

★ The boy **thought** it *a shame* **that** he forgot his lines on the stage.
   男孩在舞臺上忘記了臺詞，覺得很丟臉。

★ Your teacher **thinks** it *best* **that** you should catch up with the class.
   你的老師認為你最好趕上班上其他同學。

★ I **consider** it *a good idea* **that** we have a picnic on a sunny day.
   我認為我們晴天出去野餐是個好主意。

★ I **consider** it *wise* **that** we finished the work in time.
   我認為我們即時把工作做完是很明智的。

☺ Extra | S + make + it + Adj + that-clause

動詞 make 也可用於這個句型，it 後面加形容詞，但是表達的意義不同於以上幾個動詞。用於這個句型表示「表明…」。

★ I **have made** it *clear* that I won't join the student union.
   我已經明確表示，我不會參加學生會的。

c Rumor/ Legend + has + it + that-clause

(1) 此句型表示「據說、傳聞某事」(that-clause)，沒有十足的證據和把握。

(2) 這個句型很固定，主詞 rumor 和 legend 都是單數，動詞也只有一般式 has。

(3) 子句的 that 不可以省略。

★ **Rumor has it** that there is a secret society in our school.

謠傳學校裡有個秘密社團。

★ **Rumor has it** that the manager took bribe.

傳聞經理收受賄賂。

★ **Legend has it** that a brave little girl came to the rescue.

傳說是一名勇敢的小女孩前來搭救。

★ **Legend has it** that a fairy fulfilled the children's dreams.

傳說一個仙女實現了孩子們的夢想。

d S + be + Adj + that-clause

此句型表示對某事 (that-clause) 的感受或看法 (adj) 如何。句子的形容詞都是用來表達感覺的詞，例如表達「高興、驚恐、害怕」等。

★ I'm **happy** that you can come here and help me out.

我很高興你能來幫助我。

★ The boy was **afraid** that he would fail the final exam.

那個男孩害怕期末考試會不及格。

★ His mother was **angry** that he broke the glass on purpose.

他故意打破玻璃，媽媽很生氣。

★ The mother is **anxious** that her children have not been home yet.

孩子們還沒有回家，媽媽很擔心。

★ Shelly is **worried** that she is not able to attend Julie's wedding.

Shelly 很擔心自己無法參加 Julie 的婚禮。

★ I'm **certain** that I have returned the book.

我確定我已經還了書。

★ Julia was **sure** that she turned off the light.

Julia 確定她把電燈關了。

2-3 名詞子句作主詞補詞

a S + be + that-/ wh- clause

★ The good news is **that** she has been recovered.

好消息是她已經康復了。

★ My opinion is **that** the problem is far from that simple.

我的看法是，問題一點都不簡單。

★ These materials are **what** we need for the experiment.

這就是我們實驗需要的材料。

★ This is **where** I met him.

這是我遇見他的地方。

★ That is **why** we ask you to deliver a speech.

那就是我們請你演講的原因。

★ This is **how** bread is baked.

這就是烤麵包的方法。

b It + seems/ seemed + that-clause
⮕ S + seem to V/ have V-en

(1) 此句型表示「似乎」，that 可省略。

(2) seem 為過去式時，子句的時態要用過去完成式。

★ It **seems** (that) our class leader has a better idea.

   ➲ Our class leader **seems** to have a better idea.

   似乎班長有更好的想法。

★ It **seems** (that) tomorrow will be another rainy day.

   ➲ Tomorrow **seems** to be a rainy day.

   好像明天會下雨。

★ It **seems** (that) my daughter made a lot of trouble.

   ➲ My daughter **seems** to have made a lot of trouble.

   我女兒似乎惹了麻煩。

★ It **seemed** (that) he had lost contact with his family.

   ➲ He **seemed** to have lost contact with his family.

   他好像已經和家人失去了聯繫。

😊 **Extra** | **It happened that-clause ➲ S + happen to V....**「恰好…。」

★ It **happened** that she was sick when I dropped by.

   ➲ She **happened** *to be sick* when I dropped by.

   我順路去她家裏時，她恰好在生病。

名詞子句作同位語

... N(P) + that-clause

在此名詞子句的作用是解釋說明它前面的名詞或名詞片語，是它的具體內容。that 在此不能省略。

★ I learnt from **news** that Mr. Obama intended to join in the race for the presidency.　我從新聞中得知，Obama 先生打算競選總統。

★ **My idea** that we should discuss with the whole class first is supposed to be accepted.　我提議我們應該先和全班同學討論一下，這個提議應該被採納。

★ We hold to **the belief** that our class is the best team.

我們堅信我們班是最優秀的團隊。

★ **The fact** that money had been lost astonished us.

錢丟了這個事實讓我們很驚訝。

★ The CEO rejected **the proposal** that the labor union decided to work 36 hours per week.

執行長拒絕工會決定每週 36 小時的提議。

★ The journalist cares nothing about **the criticism** that his report is offensive to the US government.

記者不在乎他的報導使美國政府難堪的批評。

 Extra   N(P) + that-clause + V ➡ N(P) + V + that-clause

當 N 是句子的主詞，而 that-clause 又比較長時，that-clause 可以放在句尾。這是為了讓主詞和動詞更加緊密。

★ **The decision** that the children are left home alone is hard to make.

➡ **The decision** *is hard to make* that the children are left home alone.

要把孩子們單獨留在家裏，這事很難決定。

★ **The explanation** that Mr. Wang has spent all his money on the new restaurant is hardly credible.

➡ **The explanation** *is hardly credible* that Mr. Wang has spent all his money on the new restaurant.

王先生解釋說把所有錢都花在了新餐館上，不怎麼可信。

2-5 複合關係代名詞引導名詞子句

a what-clause + is/ was/ V...

...V + what-clause

★ What we should do **is** to stop now.

我們應該做的就是現在要停下來。

★ What the robber has stolen **was** fake.

那強盜拿走的是假貨。

★ What you did **made** her very angry.

你所做的是讓她很生氣。

★ You **are** what you eat.

飲食決定健康。

★ You should **watch** what you eat and drink.

你需注意你的飲食。

★ I am not allowed to **buy** what I want to buy.

我不被允許買我想要買的東西。

b whoever/ whomever

➔ anyone + who/ whom...

whichever/ whatever + (noun clause)

➔ anything + that ...

關係代名詞 who(m), which 和 what 與 ever 構成複合詞，引導名詞子句，在整個句子中充當主詞或受詞。

★ I will give **whoever** (=anyone who) gives a presentation a bonus.

我會給有上臺報告的同學加分。

★ She spoke to **whomever** (=anyone whom) she met during the recess.

她和在休息時間碰到的任何人說話。

★ You can choose **whichever** (= any one of them that) you like, a necklace or a ring. 你可以選擇任何你喜歡的，一條項鏈，或者一枚戒指。

★ Ms. Crawford craved for **whatever** (=anything that) other wives had.

Crawford 太太渴望其他太太所擁有的。

 Extra | Whoever/ Whichever/ Whatever 引導表示「讓步」的副詞子句

Whoever/ Whomever/ Whichever/ Whatever + adverbial clause, S + V

➡**No matter + who/ whom/ which/ what + adverbial clause, S + V**

★ **Whomever** you talk to, you should be polite.

➡**No matter whom** you talk to, you should be polite.

不論和誰說話都要有禮貌。

★ **Whatever** happens, I'll never turn my back on you.

➡**No matter what** happens, I'll never turn my back on you.

不管發生什麼，我都不會棄你而不顧。

★ **Whichever** you buy, I will pay.

➡**No matter which** you buy, I will pay.

無論你買哪一個，我都付賬。

形容詞子句

3-1　限定用法

形容詞子句（關係子句）修飾子句的先行詞（N(P)）。它的限定用法包含的是和先行詞非常必要的相關資料，用於修飾並限定先行詞。它們之間的關係十分緊密，不可分割。

子句一般由關係代名詞 who、whom、whose、which 和 that 引導。who 代表在子句中作主詞的人，whom 代表在子句中作受詞的人，whose 是 who 和 which 的所有格；which 代表動物、物體；that 則可以代表人或物。當關係代名詞作子句的受詞時，可以省略。

a　...N(P) + who/ whom/ whose/ which/ of which/ that....

(1) 關係代名詞 who/ which 在子句中作主詞。

(2) 非正式英語中，whom 可以用 who 代替。

(3) 關係代名詞 whose 在子句中作定語，修飾後面的名詞。

(4) 關係代名詞 of which 相當於 whose，但是更為正式。

(5) 關係代詞 that 在子句中作主詞，相當於 who。作受詞相當於 whom/ which。

★ *The musician* **who** composed the music must be a genius.
　創作這首樂曲的音樂家一定是位天才。

★ I don't know *the man* **who** called me yesterday.
　我不認識昨天給我打電話的人。

★ I like *the pretty girl* **(whom/ who)** Victor met this morning.
　我喜歡 Victor 今天上午遇見的那個女孩。

★ The whole class refused to talk with *the boy* **(whom/ who)** the headmaster punished.　全班同學都不和校長懲罰的那個男孩說話。

★ *Students* **whose** hobbies are about music prefer to join the club.

愛好音樂的同學喜歡參加這個社團。

★ I admire *teachers* **whose** teaching methods are original.

我喜歡教學方法有創意的老師。

★ I've never seen *a movie* **which** is both instructive and entertaining.

我從沒看過一個既有意義又有趣的電影。

★ *The magazine* **(which)** I subscribed is on English study.

我訂閱的雜誌是關於英語學習。

★ I prefer the house *the lawn* **of which** is big.

➔ I prefer the house **whose** lawn is big.

我喜歡那幢有大草坪的房子。

★ Mobiles *the screens* **of which** are small are on sale.

➔ Mobiles **whose** screens are small are on sale.

小螢幕的手機正在減價銷售。

★ The girl **that/ who** is addressing the audience is my classmate.

正在對觀眾講話的女孩是我的同班同學。

★ The boy **(that/ whom)** I tutored made amazing progress.

我曾經輔導的男孩取得了驚人的進步。

★ The dress **(that/ which)** you wore on the party perfectly fits you.

你在聚會上穿的裙子十分適合你。

b those/ one who....

這個子句用於修飾人，表達「具有某種特性」的人。

★ I hate **those who** don't respect their parents.

我討厭那些不尊重父母的人。

★ **Those who** love to cook love the film.

凡是喜歡烹飪的人都喜歡這部影片。

★ **One who** loves friends cherishes friendship.

愛朋友的人會珍惜友誼。

☺ **Extra**　　**The people who/ Anyone who/ Whoever**

★ **The people who** come on the opening day will receive a present.

開業時光臨的顧客會收到禮物。

★ **Anyone who** cooperates is welcome .

歡迎所有願意合作的人。

★ **Whoever** wins the final will be awarded.

所有在決賽中獲勝的選手都會授獎。

3-2 非限定用法

與形容詞子句的限定用法不同，非限定用法的作用是對先行詞提供補充說明。因此，子句和先行詞的關係不那麼緊密，之間以逗號隔開。非限定用法的形容詞子句不以 that 引導。關係代名詞即使做受詞用，都不能省略。

...N(P), who/ whom/ whose/ which....

(1) 關係代名詞 who/ which 作子句的主詞。

(2) 關係代名詞 whom/ which 作子句的受詞。

★ I love reading Jane Austin, **who** wrote *Pride and Prejudice*.

我喜歡讀珍‧奧斯丁的書，就是寫《傲慢與偏見》的那位作家。

★ Chopin, **who** was a composer, was also a brilliant pianist.

作曲家蕭邦也是一位傑出的鋼琴家。

★ Dr. Phelps, **whom** these students admire, has received a number of awards.

Phelps 博士榮獲過很多獎項，受學生尊敬。

★ Jessica, **whom** I talked to, plays basketball.

Jessica 會打籃球，也就是剛剛和我說話的那位。

★ Tomorrow is Easter Day, **which** is an important festival in America.

明天是復活節，它是美國一個重要的節日。

★ The lamp, **which** I bought last week, is broken now.

我上星期買的檯燈壞了。

😊 **Extra** | 關係代名詞的補充用法

關係代名詞 which 還可以對前面的整個句子進行補充說明：

同時比較以下例句的差異。

★ He said he had been stuck in a traffic jam, **which** was a lie.

他說他遇到了塞車，他在撒謊。(修飾整個句子)

★ He said he had been stuck in a traffic jam **that** made him late for the meeting.

他說他遇到塞車，讓他開會遲到。(修飾先行詞 a traffic jam)

★ I love all kinds of beautiful dresses, **which** is common among girls.

我喜歡各種各樣的漂亮衣服，女孩子都這樣。(修飾整個句子)

★ I love all kinds of beautiful dresses **that** make me happy and beautiful.

我喜歡各種漂亮的衣服，那會讓我高興又漂亮。(修飾先行詞 beautiful dresses)

3-3 介係詞＋關係代名詞

有時子句中的動詞或形容詞要與介係詞搭配，此時介係詞可以前置，放在關係代名詞前。

a N(,) + Prep. + whom/ which....

➲ N(,) + who/ whom/ which/ that...Prep.

(1) 若關係代名詞是 that，則介係詞不可提前。

(2) 若介係詞與動詞或形容詞的關係緊密，則不必前置。

★ The girl *with* **whom** I went swimming is my good friend.

➲ The girl **whom** I went swimming *with* is my good friend.

和我一起去游泳的女孩是我的好朋友。

★ The person *with* **whom** I disagreed was irritated.

　➲ The person **whom** I disagreed with was irritated.

　與我意見不一的那個人很生氣。

★ Fields *to* **which** this invention applies are innumerable.

　➲ Fields **which** this invention applies *to* are innumerable.

　這項發明可以應用的領域不計其數。

★ The window *from* **which** you can enjoy a sea view is in the living room.

　➲ The window **which** you can enjoy a sea view *from* is in the living room.

　可以欣賞海景的窗戶在客廳裏。

★ The door **that** I walked *through* was suddenly closed.

　我穿過的那扇門突然關上了。

★ The song **which** I'm listening *to* is beautiful.

　我正在聽的歌曲很優美。

★ The boy **whom** his classmates look down *upon* is miserable.

　那個被大家看不起的男孩很可憐。

b **S + be/ V + N(P), some/ any/ all/ both/ none/ many/ part + Prep. + which/ whom/ whose ....**

在關係代名詞之前加上表示數量的詞。

★ I have some pens with me, **all of which** are black.

　我有幾支筆，都是黑色的。

★ The latest bestselling novel, **part of which** I have read, is very touching.

　這本最新暢銷小說我已經讀過一部分了，非常感人。

★ The athletes, **some of whom** were injured, perfectly fulfilled their job.

　運動員們都表現出色，雖然有些受傷了。

★ Mr. and Mrs. Smith, **both of whom** love animals, raise a number of pets.

　Smith 夫婦都很喜歡動物，養了許多寵物。

★ Ms. Johnson's students, **none of whose** homework has been finished, are in her office.　Johnson 老師那些沒有完成作業的學生在她的辦公室裡。

3-4 準關係代名詞－ as/ but/ than

a S + V (+ O) + such + N(P) + as (+ S) + V ....　「像…一樣」

★ People like **such** cafès **as** the book describes.
人們喜歡書中描繪的這種咖啡屋。

★ We will move on to **such** tough jobs **as** people usually fail to do.
我們將要進行人們往往難以勝任的艱難工作。

b S + be/ V + the same + N(P) + as + S + V ....　「像…一樣」

★ I need **the same** equipment **as** you used in your experiment.
我需要和你實驗中用的一樣的儀器。

★ Most people no longer have **the same** personality traits **as** they had in childhood.　多數人們不再擁有他們童年時代的性格特徵。

★ She is **the same** cheerful woman **as** you met 10 years ago.
她還是你 10 年前遇到的那個性格開朗的人。

c S + be/ V + as + Adj. + N + as + be/ V....　「像…一樣」

★ I can draw **as** beautiful a picture **as** you do.
我能畫出和你畫得一樣美麗的畫。

★ They are **as** professional coaches **as** internationals are.
他們是和國際教練一樣專業的教練。

d **no + N + but + V ....** 「沒有…不…」

no 的後面用名詞的單數形式。

★ **No** person watched the movie **but** (=who did not) shed tears.

看電影的沒有一個不落淚的。

★ **No** essay is selected **but** is (=which is not) interesting.

沒有一篇入選文章是無趣的。

e **... 比較級 + N + than (+ S) + V....** 「比…更」

★ You will do a **much better** job **than** I do.

你會做得比我更好。

★ This is a **funnier** comedy **than** you can imagine.

這齣喜劇比你想像的更滑稽。

😊 **Extra**　　**than** 的比較級用法

以下為一般比較級的用法，和 than 作準關係代名詞時前面要有先行詞是不同：

★ You do **better than** I do.　你做得比我好。

★ This comedy is **funnier than** that one.　這齣喜劇比那齣更滑稽。

3-5 關係副詞

關係副詞 when、where 和 why 也可以引導形容詞子句，在子句中作時間、地點和原因副詞，有限定性和非限定性兩種用法。

a **...N(地方 / 原因 / 時間) + where/ why/ when....** 限定用法

b **...N(地方 / 時間), + where/ when....** 非限定用法

where 在子句中作地點副詞，why 在子句中作原因副詞，when 在子句中作時間副詞。

★ She's going to *the university* **where** I used to study.

她要去我曾上的那所大學。

★ He offered no *reason* **why** he had been late.

他沒有給出任何遲到的解釋。

★ Saturday is *the time in a week* **when** we relax ourselves.

星期六是我們一周裡放鬆自己的時間。

★ Spring is *the favorable season* **when** we grow plants.

春天是適宜種植的季節。

★ *New York*, **where** the Empire State Building is located, is a tourist attraction.

有帝國大廈坐落的紐約是一處旅遊聖地。

★ We spend every summer in *California*, **where** we enjoy sunshine and beach.

我們每年夏天在加州度過，享受陽光和海灘。

★ In *December*, **when** the weather is extremely overcast and cold, it snows.

12 月又陰又冷會下雪。

副詞子句

4-1 表示「時間」

表示「時間」的副詞子句位置比較自由，可以位於**句首**，也可以位於**句尾**。有時子句與主句之間可以逗號相隔。但子句與主句的關係較密切，或子句很簡短時，一般不用逗號。

a When/ Before/ After/ While/ As...(,) + S + V....

(1) when 引導的副詞子句表示「在…時」。

(2) before 引導的副詞子句表示「在…之前」。

(3) after 引導的副詞子句表示「在…之後」。

(4) while 引導的副詞子句表示「在…時」，它經常指一段時間。

(5) as 引導的副詞子句表示「在…時」。

★ **When** I heard the news, I was shocked.

我聽到消息時感到很震驚。

★ Flowers blossom **when** spring comes.

春來百花開。

★ I usually refer to some information of the author **before** I start a new fiction.

在開始讀一本新小說前，我通常都會查閱一下作者的資料。

★ **Before** we arrived home, it had started to rain.

我們到家之前開始下雨了。

★ **After** I worked day and night for a whole week, I ended up with exhaustion.

我夜以繼日地工作了整整一星期，最後精疲力盡。

★ The elderly man sometimes takes a nap **after** he has lunch.

那個老人午飯後有時會睡個午覺。

★ **While** the boy was playing piano, a man broke in.

當男孩正在彈琴時，有人闖了進來。

★ I often look after my neighbor's baby **while** she goes shopping.

鄰居外出購物時，我經常為她看顧孩子。

★ **As** the days went by, he recovered from the heart attack.

隨著時間的流逝，他的心臟病有所好轉。

★ **As** I was about to leave, the telephone rang.

在我準備離開時，電話響了起來。

☺ **Extra**　　**When、While、as** 的區別

when、while, as 三個詞引導的副詞子句都表示「在⋯時」，但是它們之間有一些差別。

(1) **When** 的意義比較廣泛。**As** 除了表示「當⋯時」外，還有「隨著⋯」的含義，所以我們 "As time passes/ goes by...", 或 "As days/ weeks/ months/ years go by..."。

(2) 此外，**as** 還強調兩個動作的接連先後發生。例如句子 "As I was about to leave, the telephone rang." 中，我準備離開和電話鈴響兩個時間發生得十分緊湊。

(3) **While** 通常表示一段時間，表示在子句動作發生的一段時間內，主要子句發生了某動作。

☺ **Extra**　　**In + V-ing...(,) S + V....**

「在做某事的同時間，發生了什麼」。

★ **In** *playing* video games, we enjoy ourselves.
　在打電玩的時候，我們獲得了樂趣。

★ **In** *riding* a bicycle along the river, he fell in the mud.
　他沿著河騎腳踏車的時候，跌落在泥濘裡。

b S_1 + have/ has + V_1-en...(,) + since + S_2 + V_2-ed 「自從⋯」

　　It + is/ has been + 一段時間 + since + S + V-ed

第一個句型中 since 引導的子句可放在**句首**或**句末**。子句和主句之間可用逗號相隔。

★ We have finished three chapters **since** we started reading this morning.

　　從我們今天早上開始閱讀，我們已經讀完三章了。

★ **Since** he was a boy, he has been living in California.

　　他從小就住在加州。

★ It is two days **since** it started raining.

　　雨已經下了兩天了。

★ It has been one year and a half **since** we adopted the new technique.

　　自從我們採用新技術已經一年半了。

c S_1 + V_1/ V_1-ed... + until/ till + S_2 + V_2/ V_2-ed.... 「直到」

　　...not...until.... 「直到⋯才」

　　➲ **It is not until... that-clause**

　　➲ **Not until... + Aux + S + V....**

(1) until/ till 表示作持續了一段時間後停止了。

(2) until 和 till 的意思完全相同，till 多在口語中出現。till 引導的子句只能位於句末，而 until 的句子可以位於句首或句末。till 不能出現在以下兩個強調句型中。

(3) It is not until... that-clause 用來強調「直到⋯的時間」。

(4) Not until... + Aux + S + V.... 用來強調「直到某時間才發生某動作」。主要子句要採用**倒裝**的語序。

★ You stay at the hotel **until** we come back.

　　直到我們回來之前你要待在旅館裡。

★ I stayed up **until** it was two o'clock.

　　我一直熬夜到兩點。

★ **Until** I meet some obstacle I will not stop

我要直到遇到障礙才停止。

★ We did not arrive at the airport **until** after the plane had taken off.

直到飛機起飛以後我們才到達機場。

★ It was not **until** the afternoon that we ended the meeting.

要直到下午我們才結束會議。

★ It was not **until** last year that we improved our efficiency in production.

直到去年我們才改進我們的生產效率。

★ Not **until** yesterday did I remember who he was.

直到昨天我才想起來他是誰。

★ Not **until** next summer will we have a vacation.

我們直到明年夏天才會有假期。

😀 **Extra**　　S + V... + till + N(P)「直到」

★ I stayed up **till** morning.
我一直熬夜到早晨。

★ We will keep the discussion going **till** afternoon.
我們會一直討論到下午。

---

d **As soon as/ The moment + S₁ + V₁-ed, S₂ + V₂-ed....**

「一…就…」

As soon as 和 The moment 引導的子句意思完全相同，都是表示「接連發生了兩個動作」。子句可以出現在句首或句末，位於句首時一般以逗號與主要子句分隔。

★ **As soon as** I locked the door, I found that I left keys in the house.

我一鎖上門就發現，我把鑰匙忘在了房子裏。

★ He started his own business **as soon as** he graduated.

他一畢業就自己做生意。

★ **The moment** he woke up, he felt chilly.

他一醒來就感覺很冷。

★ I called him **the moment** I got to the airport.

我一到機場就給他打了電話。

 Extra

> S_1 + had + no sonner + V_1-en... + than + S_2 + V_2-ed
> ➡ **No sooner** + had + S_1 + V_1-en... than + S_2 + V_2-ed
> S_1 + had + hardly/ scarcely + V_1-en... + when + S_2 + V_2-ed
> ➡ **Hardly/ Scarcely**+ had + S_1 + V_1-en... + when + S_2 + V_2-ed

★ John had **no sooner** got up **than** someone knocked at the door.

➡ **No sooner** had John got up **than** someone knocked at the door.

John 剛起床就有人敲門。

★ The semester had **hardly** begun **when** we had to take an exam.

➡ **Hardly** had the semester begun **when** we had to take an exam.

學期剛一開始我們就要考試。

★ The boy had **scarcely** run **when** he hurt his ankle.

➡ **Scarcely** had the boy run **when** he hurt his ankle.

男孩剛一跑步就傷了腳踝。

Extra

> On/ Upon + V_1-ing..., S + V_2

★ **On/ Upon** *locking* the door, I found I left keys in the room.

我一鎖上門就發現，我把鑰匙忘在了房子裡。

★ **On/ Upon** *waking* up, he felt chilly chill.

他一醒來就感覺很冷。

e Each time/ Every time + S_1 + V_1..., S_2 + V_2.... 「每次…都…」

★ **Each time** Christmas comes, children expect Santa Clause to come.

每到耶誕節時，孩子們都期待聖誕老人來。

★ **Each time** I turn on my lamp, it blinks for a while.

每次我打開檯燈時，它都會閃一會兒。

★ **Every time** she cooks, the family enjoys the meal.

每次她做飯，全家都很開心。

★ **Every time** he is late, he makes some excuse.

每次他遲到都會編個理由。

f It will not be long before + S + V....　「不久將會⋯」

★ It will not be long **before** the singer turns arrogant.

那個歌手不久就會變得傲慢起來。

★ It will not be long **before** I meet up with him again.

不久我就會再去見他。

☺ **Extra**　　**S + V... before long**　　「不久」

★ The singer will turn arrogant **before long**.
那個歌手不久就變得傲慢起來。

★ I will meet up with him again **before long**.
不久我就會再去見他。

g By the time S₁ + V₁-ed..., S₂ + had V₂-en....

By the time S₁ + V₁..., S₂ + will have V₂-en....

(1) 這個句型表示剛好在某一刻或之前發生了什麼事情。

(2) 表示「過去」的事情，從屬子句用「過去式」，主要子句用「過去完成式」。

(3) 表示「將來」的事情，從屬子句用「一般式」，主要子句用「未來完成式」。

★ **By the time** he *told* me the news, I *had known* it.

就在他告訴我消息之前，我已經知道了。

★ **By the time** it *poured*, we *had reached* the railway station.

就在暴雨來臨之時我們已經到達了火車站。

★ **By the time** you *graduate*, I *will have worked* for two years.

到你畢業時，我就已經工作兩年了。

★ **By the time** we *do* the experiment, our teachers *will have made* all preparations.

到我們做實驗時，老師會做好所有的準備工作。

★ We will reach the railway station **by** ten o'clock.
我們將在 10 點鐘之前到達火車站。

★ The environment will be improved **by** the next decade.
10 年後環境會有所改善。

4-2 表示「條件」

a If + S₁ + V₁..., S₂ + V₂....　「如果」

➔ Provided/ Providing/ Suppose/ Supposing/
On condition (that) + S₁ + V₁..., S₂ + V₂....

表示如果的條件子句，除了可以用 If 引導外，還可以用以上的詞或片語。子句可以位於句首或句尾，可以與主句之間以逗號相隔。

(1) 子句的動詞用「現在式」，表示「將來或現在」的情況。主要子句要用「未來式」。

(2) provided 表示的假設有必要條件之義，意為「如果…，只要…」。Providing 與之意義用法完全相同。

(3) suppose 和 supposing 也表示假設和假定，意義與用法相同。

(4) on condition (that) 也是表示假設，有「取決於某條件」之義。

★ **If** I *know* the truth, I will tell everyone.
如果我知道真相，我就會告訴大家。

★ **If** it *rains*, we will cancel the sports meeting.
如果下雨，我們就取消運動會。

★ **Provided/ Providing** (that) you complete the first step, you can move on to the next one.

如果你完成了第一步，就能進行下一步了。

★ **Provided/ Providing** (that) you join the activity, you will receive a present.

只有你參加這個活動，就會收到禮物。

★ **Suppose/ Supposing** (that) I forget anything, he will remind me.

如果我忘了什麼，他會提醒我。

★ **Suppose / Supposing** (that) he publishes the book on his special life experience, it will be a bestseller.

如果他出版關於他特殊的人生經歷的書，一定會成為暢銷書的。

★ I will loan you money **on condition** (that) you will pay back.

只要你願意還錢，我就會借給你。

★ **On condition** (that) you apologize, I will not blame you.

只要你道歉，我就不責怪你。

 Extra　　**in case** v.s **if-clause**

in case 引導的副詞子句提出可能會發生的事，主要子句說明事先要做的預防。它和 if 在意義上有些不同，**if** 子句是提出的是一個條件（可能會發生的事），而主要子句則說明在這條件下將會產生什麼結果。

★ Take an umbrella with you **in case** it rains.
帶著傘以防下雨了。

★ I'll wear that yellow raincoat **if** it rains heavily.
如果下大雨我就穿黃色的雨衣。

★ Jot down my phone number **in case** you need my help.
寫下我的電話號碼以防你需要我的協助。

★ Call me **if** you need my help.
如果你需要幫助，打電話給我。

b $S_1 + V_1... +$ **unless** $+ S_2 + V_2....$ 表示「除非」

主要子句常用**否定結構**，這時句型意為「除非…，否則就不…」。

★ You will be late **unless** you set out now.

你要遲到了，除非現在出發。

★ You will fail the exam **unless** you stay up and cram for it.

你的考試會不及格的，除非熬夜臨陣磨槍。

★ I will not call her **unless** she apologizes.

除非她道歉，否則我不打電話給她。

★ We won't start **unless** the supervisor gives us consent.

除非主管應允，否則我們不會開始的。

☺ **Extra**　➡ **If** $+ S_1 +$ **be/ Aux** $+$ **not** $+ V_1..., S_2 + V_2....$

➡ **If** you **do not** set out now, you will be late.
➡ **If** you **don't** stay up and cram for the exam, you will fail it.
➡ **If** she **doesn't** apologize, I will not call her.
➡ **If** the supervisor **doesn't** give us consent, we won't start.

---

c $S_1 + V_1... +$ **as long as** $+ S_2 + V_2....$ 「只要」

★ I will dine out tonight **as long as** you come with me.

我想今天晚上出去吃飯，只有你和我一起去。

★ The flower blossoms **as long as** it's warm enough.

天氣足夠暖和，花就會開。

4-3 表示「讓步」

a Although/ Though... + S₁ + V₁..., S₂ + V₂.... 「雖然」

$$\text{Although/ Though... + S}_1 + \text{V}_1..., \text{S}_2 + \text{V}_2....$$

在這個句型裡，although 和 though 的意義和用法相同，可以互換使用。

★ **Although/ though** the lady is seventy, she still starts to study Russian.

雖然那位女士有 70 歲了，但她還是開始學俄語。

★ **Although/ though** we studied in the same school, we didn't know each other at all.

雖然我們曾在同一所學校裡讀書，卻完全不認識對方。

★ **Although/ though** it was raining heavily, we set out.

雖然下著雨，我們還是出發了。

☺ **Extra**　　**despite/ in spite of**　雖然

in spite of 和 despite 也表示「雖然」，但它們是介系詞。

Despite/ In spite of + N(P)/ V-ing, S + V...。

➡ **Despite/ In spite of** *being* seventy, the lady still starts to study Russian.

➡ **Despite/ In spite of** *studying* in the same school, we didn't know each other.

➡ **Despite/ In spite of** *the heavy rain*, we set out.

b S₁ + V₁... even if/ even though + S₂ + V₂.... 「即使 / 雖然」

Even if 和 **even though** 意義和用法都不同，**even if** 有「即使…」之義，表達「條件」，就是說「即使在此條件之下，另一件事還是會發生」。**even though** 和 although/ though 意思都是「雖然」，但語氣更強，通常翻譯作「儘管」。

★ **Even if** she fails to solve the problem, she will still be regarded as an outstanding student.

即使她解不了這個問題，她還是會被視為優秀的學生。

★ The soldier will fight till the last minute **even if** he gets injured.

這士兵即使受傷了還是會戰鬥到底。

★ **Even though** I got up very early this morning, I was still late for class.

儘管我今天早上很早就起床了，上課還是遲到。

★ May still didn't want to put on a sweater and drink a cup of hot tea **even though** she trembled with cold.

儘管 May 已經冷得發抖，但還是不願穿上毛衣和喝杯熱茶。

c No matter + wh-..., S + V....　「無論…」
➔ Wh- + ever..., S + V....

★ **No matter what** he says, she always believes him.

➔ **Whatever** he says, she always believes him.

無論他說什麼，她都相信他。

★ I will buy the model **no matter how** much it costs.

➔ I will buy the model **however** much it costs.

無論那個模型有多貴，我都要買下來。

★ **No matter when** I saw him, he was in a rush.

➔ **Whenever** I saw him, he was in a rush.

無論什麼時候我看見他，他總是匆匆忙忙的。

★ **No matter where** I travel, I buy a few souvenirs.

➔ **Wherever** I travel, I buy a few souvenirs.

無論我到哪里旅行，我都買幾樣紀念品。

★ **No matter who** you are, you should work for a living.

➔ **Whoever** you are, you should work for a living.

無論你是誰，都要工作養活自己。

d Whether + S₁ + V₁ or not, S₂ + V₂....　「不管…」

★ **Whether** you agree or not, I will carry on with my plan.

不管你是否同意，我都要繼續我的計畫。

★ **Whether** the weather is fine or not, he does morning exercise.

不管天氣好與否，他都做晨練。

4-4 表示「結果」

a **...so + Adj/ Adv + that-clause** 表示「如此⋯以至於⋯」

★ The play was **so** *funny* **that** the audience burst into laughter.

這齣戲非常有趣，觀眾都大笑。

★ The car is **so** *damaged* **that** the mechanic finds it impossible to repair.

汽車損壞得很嚴重，結果機械師覺得不可能修的好。

★ He spoke **so** *fast* **that** we couldn't catch anything he said.

他說得那麼快我們都聽不懂。

★ Ann studies **so** *hard* **that** the teacher asks the class to learn from her.

Ann 非常用功結果老師要全班同學向她學習。

b **...so + Adj + a(n) + N + that-clause** 「如此⋯以至於⋯」

➲ **... such + a/ an (+ adj) + N + that-clause**

★ Amy is **so** *agreeable a girl* **that** we all like her.

➲ Amy is **such** *an agreeable girl* **that** we all like her.

Amy 是一個如此和善的女孩，以至於我們都喜歡她。

★ John is **so** *happy a person* **that** he always cheers everyone up.

➲ John is **such** a happy person **that** he always cheers everyone up.

John 是一個很快樂的人，總是讓每個人都開心。

4-5 表示「目的」

a $S_1 + V_1... +$ **so that/ in order that** $+ S_2 +$ **may/ will** $+ V_2....$

「為了…」

so that 和 in order that 的意義和用法相同，用來表示「目的」。

★ I read it aloud **so that** I could memorize it more easily.

我讀出聲來，為了更容易記住。

★ I collected some information for her **so that** she could refer to it.

我幫她找了些資料，為了她能參考。

★ He ran very fast **in order that** he could get rid of the dog.

他跑得非常快，為了甩掉那條狗。

★ We all do aerobics **in order that** we can keep fit.

我們都練習有氧操，為了保持身體健康。

b $S_1 + V_1... +$ **lest/ for fear (that)** $+ S_2 (+$ **Aux**$) + V_2....$ 　「唯恐」

lest 和 for fear (that) 的意義和用法相同，lest 引導的副詞子句中助動詞常用 **should**，並且可以省略。而助動詞為其他詞時，不可以省略。for fear (that) 之後的子句中常見的助動詞是 may/ will。

★ He asked me to wake him up **lest** he (should) be late again.

他讓我叫他起床，唯恐再次遲到。

★ He is studying hard **lest** he (should) fall behind.

他學習努力，唯恐落後。

★ We stored food **for fear that** the flood would/ might (should) attack.

我們儲備了食品，唯恐洪水襲來。

★ I will take an umbrella **for fear that** it may/ will (should) rain today.

我要帶上傘，唯恐今天有雨。

★ We talked for the whole night **lest** we would not see each other any more.

我們徹夜長談，唯恐今後不會再見面。

★ They checked the car again **for fear that** it would break down halfway.

他們再次地檢查車子，唯恐半路拋錨。

4-6 表示「原因」

a S₁ + V₁... because + S₂ + V₂....

當句子強調原因的時候，子句可以提前。

★ I give you this present **because** I really appreciate your help.

我送給你這件禮物是因為我真的很感謝你的幫助。

★ They are quarrelling **because** they have contrary views.

因為他們的觀點不同，所以正在爭吵。

★ **Because** it rained, we canceled the football match.

因為下雨，所以我們取消了足球比賽。

 Extra　　**because、because of、not...because**

(1) Because of 是介系詞的用法，後面要接名詞或名詞片語，而非子句。

★ I give you this present **because of** my appreciation of your help.

★ They are quarrelling **because of** their contrary views.

★ **Because of** the rain, we canceled the football match.

(2) because 引導的子句與主句之間可以逗號相隔。主句的動詞若為否定時，加上逗號會改變句義。

★ I **was not** happy **because** I had a bad day.

不是因為那天過得不順利我才不高興。

★ I **was not** happy, **because** I had a bad day.

因為那天過得不順利，所以我不高興。

★ I **will not** buy it **because** it is expensive.

不是因為貴我才不買。

★ I **will not** *buy it*, **because** it is expensive.

因為貴，所以我不買。

➡ 我們可以看出，當子句和主句之間沒有逗號時，not 否定的是 <u>because 引導的子句</u>；當之間有逗號時，not 否定的是<u>主句的動詞</u>。

(3) not...because.... :

當 not 否定的是 because 引導的子句時有「不因⋯而⋯」的意思。

★ We **do not** like her **because** she is rich and pretty.

我們並不是因為她有錢又漂亮而喜歡她。

★ **Do not** criticize her **because** she is female.

不要因為她是女性而批評她。

主要子句和從屬子句之間以逗號分開時，句意就很明確：

★ I was **not** happy**, because** I had a bad day.

因為那天過得不順利，所以我不高興。

有時候由上下文意也可判斷：

★ I will **not** trust him **because** he will do anything to gain power.

我不信任他是因為他會盡一切取得權力。

b As/ Since + S$_1$ + V$_1$..., S$_2$ + V$_2$....

since 表示「既然」。

★ **As** the new album sells well, they definitely makes a fortune.

因為新專輯很暢銷，他們一定能大賺一筆。

★ **As** he did a good job, the boss gave him a bonus.

因為他表現出色，所以老闆給了筆獎金。

★ **Since** you speak French, you will undertake this task.

因為你懂法文，所以你來完成這項任務。

★ **Since** I've told you my secret, you tell me yours.

既然我已經告訴你我的秘密了，你告訴我你的。

now (that) + S$_1$ + V$_1$..., S$_2$ + V$_2$....
seeing (**that**)/ **as**/ **how** + S$_1$ + V$_1$...,S$_2$ + V$_2$.... （口語用法）

★ **Now that** the exam is over, I can play computer games.

　既然考試結束了，我可以玩電腦遊戲了。

★ **Now that** the matter results in misunderstanding, let's calm down.

　既然這件事因誤會而起，讓我們平靜下來吧。　.

★ **Seeing that** you are busy, I'll come to see you tomorrow.

　既然你在忙，我就明天再來看你吧。

★ **Seeing that** we are friends, you should confide in me.

　因為我們是朋友，所以你應該告訴我實情。

4-7 表示「對比」

S$_1$ + V$_1$..., while/ whereas + S$_2$ + V$_2$....

while/ whereas …表示「然而／但是／而…」，和主要子句形成對比。whereas 比 while 更正式。

★ I love *football*, **while** my brother loves *basketball*.

　我喜歡足球，而我的哥哥卻喜歡籃球。

★ I had *coffee*, **while** he had *tea*.

　我喝的咖啡，而他喝的茶。

★ The south is *humid*, **whereas** most areas in the north are affected by *drought*.

　南方濕潤，而北方多數地區乾旱。

★ The first three weeks will be *busy*, **while** the rest will *not be*.

　開始的三週會很忙，餘下的就不會了。

4-8　表示「地方」

S₁ + V₁... where/ wherever/ everywhere + S₂ + V₂....

★ We had a lot of fun **where** I lived.

　我們曾在我以前居住的地方過得很愉快。

★ I will go **wherever** you go.

　你去哪我就去哪。

★ I like to take a trip **wherever** trees flourish

　我想去任何一個樹木茂密的地方旅行。

★ I make friends **everywhere** I work.

　我到哪工作都結交朋友。

★ We will search **everywhere** he's been.

　我們要搜查他到過的每一個地方。

4-9　表示「狀態」

a **S₁ + V₁... + as + S₂ + V₂....**　　像，依照

★ You do the job **as** I told you.

　你要按照我說的做。

★ The plant grows **as** the book describes.

　這棵植物像書裏描述的那樣生長。

★ The condition improved **as** we had expected.

　情況如我們所盼好轉了。

b $S_1 + V_1... + $ **as if/ as though** $ + S_2 + V_2....$ 　好像

as if 與 as though 的意義和用法相同，都表示「好像 / 仿佛…」。子句要用假設語氣。

★ You look exhausted **as if** you were awake for a year.

　　你看起來那麼疲勞，好像一年沒睡覺了一樣。

★ He jumped very high **as if** he had put springs in his shoes.

　　他跳得很高，就像鞋子加了彈簧一樣。

★ They look similar **as if** they were identical twins.

　　他們很相像，仿佛雙胞胎一般。

★ The cat ate fast **as if** it had been starving for days.

　　那隻貓吃得很快，好像挨餓了好多天。

4-10　表示「比較」

a **as...as**　➡ **not less...than**　　和…一樣

As 在這裡作從屬連接詞，引導副詞子句，表示主要子句的狀態和從句所描述的情況相同。as 經常用於比較的句型中，關於比較級的詳細講解請見本書 12-3 比較級。

★ The boy is **as** *good* **as** his coach has expected.

　　➡ The boy is **not less** *good* **than** his coach has expected.

　　那男孩一如教練期待的那樣出色。

★ His son works **as** *hard* **as** he used to.

　　➡ His son does **not** work **less** *hard* **than** he used to.

　　他的兒子就像他當年一樣努力工作。

★ He is **as** *skillful* **as** a professional is.

　　➡ He is **not less** *skillful* **than** a professional is.

　　他像一名專業人士一樣熟練。

b Adj-er/ Adv-er...than....　比…更…

關於形容詞和副詞的比較級，詳見本書第 12 章。

★ He did a *better* job **than** you imagined.

　他比你想像得做得更好。

★ The office is *bigger* **than** I had before.

　這間辦公室比我以前得更大。

★ He runs *faster* **than** the rest of the class do.

　他比全班其他同學跑得都快。

★ He gains *more* profits **than** he did last year.

　他比去年獲得了更大的利潤。

★ She treated the cat *more* carefully **than** we had.

　她對待貓比我們以前更細心。

4-11　表示「範圍」

As far as + S$_1$ + V$_1$..., S$_2$ + V$_2$

★ **As far as** I know, he is the only winner.

　據我所知，他是唯一的獲獎者。

★ **As far as** I can remember, the river was not contaminated last year.

　據我記憶，這條河去年還沒有被污染。

★ **As far as** he is concerned, mathematics is not a problem.

　對他來說，數學不成問題。

★ **As far as** I'm concerned, you should quit the unpleasant job.

　我覺得，你應該放棄這份不開心的工作。

句子的時式與時態

5-1 現在

a S + V(-s).... 《現在簡單式》

現在簡單式是最常用的時態之一，可以表示「現在的或一般的情況或狀態；經常性、永久性或習慣性的動作；客觀事實或永恆的真理；聲明和陳述。

(1) 否定句在助動詞 do/ does 或 be 動詞 am/ is/ are 後加 not。

(2) 疑問句把助動詞 do/ does 或者 be 動詞 am/ is/ are 提前，句子要主、動詞倒裝，即主詞要放到助動詞或者 be 動詞的後面。回答時用 yes/ no 和助動詞或者 be 動詞做簡短回答。

(3) 經常與 **often**、**always**、**sometimes**、**usually**、**everyday** 等頻率副詞連用。

(4) 主詞和動詞要一致。

★ We **live** in a big city.

我們居住在一個大城市。（表示現在的或一般的情況或狀態）

★ My father **is** a professor.

我父親是個教授。（表示現在的或一般的情況或狀態）

★ My elder sister *always* **studies** hard.

我的姐姐總是學習很用功。（表示經常性、永久性或習慣性的動作）

★ The sun **rises** in the east.

太陽從東方升起。（表示客觀事實或永恆的真理）

★ I **wish** you a good trip.

祝你一路平安。（表示聲明和陳述）

★ **Do** you *often* **get up** early?

你經常很早起床嗎？（疑問句）

★ My nephew **isn't** a college student.

我的外甥不是大學生。（否定句）

😊 **Extra** 現在式表示「未來」、「進行式」

(1) 某些表示去向或起始的動詞（像 go、come、leave、arrive、start、begin、return 等）常可用現在簡單式表示**將來確定要發生的動作或情況**。

    ★ The train leaves at 12 o'clock.

    火車十二點開。（表示將要發生的情況）

(2) 現在簡單式可用 **when** 和 **if** 等詞引導的時間和條件子句表示**未來**。

    ★ If it **doesn't rain** tomorrow, we'll go swimming.

    如果明天不下雨，我們就去游泳。

(3) 在某些以 here, there 開頭的句子中用現在簡單式代替現在進行式。

    ★ **Here** comes the bus. 車來了

b S + am/ is/ are + V-ing.... 《現在進行式》

現在進行式由「am/ is/ are + 現在分詞」構成，表示「現在正在進行的動作或情況（經常與 now、at the moment 等副詞連用）；或表示逐漸的變化或發展」。

(1) 少數動詞可以用現在進行式表示將要發生的動作或情況，而且通常帶有表示未來的時間副詞，如：**next week**、**this evening**、**on Friday** 等。

(2) "be going to" 表示「打算做某事」。

★ I**'m writing** a term paper *now*.

我正在寫期末報告。（表示現在正在進行的動作或情況）

★ We**'re growing up**.

我們正在長大。（表示逐漸的變化或發展）

★ My husband **is leaving** *next week*.

我丈夫下周離開。（表示將來發生的動作或情況）

★ **Are** you **watching** TV or **listening** to music?

你在看電視還是在聽音樂？（疑問句）

★ The kid **isn't sleeping**.

這個孩子沒在睡覺。（否定句）

★ They **are going to** <u>hold</u> a meeting.

他們打算開個會。（表示將來發生的動作或情況）

☺ **Extra**　　現在進行式相關用法

(1) always、forever、continually、constantly 等副詞和動詞的現在進行式連用，表示「老是、經常」，有時候帶有感情色彩。

★ My younger brother **is constantly making** such a silly mistake.
我的弟弟老是犯這個愚蠢的錯誤。

(2) 表示感覺、精神活動、關係等的動詞，**通常不用現在進行式**。如：see、hear、smell、taste、understand、know、believe、mind、think、feel、love、hate、like、dislike、want、wish、hope、belong to、possess、own、have 等。

★ I **hear** what they're talking about.
我聽見他們在談論的事情。

---

c **S + have/ has + V-en....　《現在完成式》**

現在完成式由「have/ has + 過去分詞」構成，第三人稱<u>單數用 has</u>, 其他情況下都用 have。表示「已經發生且對現在有影響的動作或狀態；從過去開始持續到現在的動作或狀態（也許還會繼續進行下去）」。

(1) 否定句在 have/ has 後面加 not。

(2) 疑問句把 have/ has 提前，句子要主、動詞倒裝，即主詞要放到 have/ has 的後面。回答時用 yes/ no 和 have/ has 做簡短回答。

(3) <u>have/ has got</u> 有特殊意義，表示「有…」。

★ My elder brother **has gone** abroad to study.

　我哥哥去國外讀書了。（表示已經發生且對現在有影響的動作或狀態，說明他現在不在這了）

★ We **have already lived** in Italy *for four years*.

　我們已經在義大利住了四年。（表示從過去開始持續到現在的動作或狀態，現在還住在那）

★ We **have known** each other *since we were in high school*.

　我們在高中時就已經認識了。（表示從過去開始持續到現在的動作或狀態，現在還認識）

★ How many years **have you been** in Italy？

　你在義大利多少年了？（問句）

★ I **haven't finished** my homework **yet**.

　我還沒寫完作業。（否定句）

★ My cousin **has got** a new pen.

　我表弟有一支新筆。（表示已經擁有且現在仍繼續擁有）

☺ Extra　現在完成式

(1) 不能和表示過去的時間副詞：yesterday、then、two weeks ago、in 2006 等連用。

(2) 時常與不表示明確時間的副詞：already、yet、ever、never 等連用。

(3) 也可以與表示包括說話時刻在內的時間副詞：today、this morning、up to now、up to the present、lately、recently、so far 等連用。

(4) 與 always、often、many times、every day 等連用時表示過去重複的動作或狀態。
　　★ My father **went** to America **yesterday**.
　　　我父親昨天去了美國。
　　★ **Has** your father *ever* **been** to America？
　　　你父親到過美國嗎？

★ I **haven't met** Mr. Right *up to now*.

我到現在還沒遇到理想對象

★ My son **has always been** a good student.

我兒子一直是個好學生。

d S + have/ has + been + V-ing.... 《現在完成進行式》

現在完成進行式由「have/ has been + 現在分詞」構成，表示「動作由過去開始一直延續到現在，強調動作的持續，這個動作也可能還要繼續下去；還可以表示一直到說話時為止的一段時間內的重複性動作」。常與表示一段時間的副詞連用，如：for three hours、for years、since last year、the whole morning、these few days 等。

小叮嚀

一般不能用於現在進行式的動詞也不能用於現在完成進行式

★ What **have you been doing** *this morning*?

你今天早晨一直在做什麼？（表示延續性動作）

★ I**'ve been waiting** for you *for three hours*.

我一直在等你等了三個小時了。（表示延續性動作）

★ The girl **has been telephoning** to her boyfriend *for many times*.

這個女孩給她的男朋友打了很多次電話。（表示重複性動作）

★ Our teacher **has been working** in the laboratory *since last year*.

我們的老師從去年起就在試驗室工作。

☺ Extra　　have gone to/ have been to

have gone to 和 have been to 在用法上有區別。比較：

★ My father **has gone** to his hometown.

我父親回家鄉了。（說明他去那個地方了，可能已經到達，也可能沒到）

★ My father **has been** to his hometown.

我父親去過家鄉。（說明他現在已經不在家鄉了）

5-2 過去

a S + V-ed.... 《過去簡單式》

過去簡單式由動詞的過去式構成，表示「過去發生的現在已經結束的事件、動作或狀態」，通常與表示過去的時間副詞連用。

(1) 否定句在 did/ was/ were 後面加 not。

(2) 疑問句把 did/ was/ were 提前，句子要主、動詞倒裝，即主詞要放到 did/ was/ were 的後面。回答時用 yes/ no 和 did/ was/ were 做簡短回答。

★ My grandfather **died** *last year*.

　我爺爺去年去世了。（過去發生的事）

★ The great scientist **grew up** in a poor family.

　這個偉大的科學家成長在一個貧困的家庭。（過去已結束的狀態）

★ We **didn't finish** the task that the teacher **assigned** to us.

　我們沒有完成老師分配的任務。（否定句）

★ **Did** you **fail** in the last final examination?

　上次期末考試你不及格嗎？（疑問句）

★ My father **was** a teacher *ten years ago*.

　我父親十年前當過老師。（過去發生的事）

★ Hearing the good news, we **were** all very happy.

　聽到這個好消息我們都非常高興。（過去已結束的事件）

b S + was/ were + V-ing.... 《過去進行式》

由「was/ were + 現在分詞」構成，表示「過去某階段或某時刻正在進行的動作」。

★ I **was working** on my essay yesterday morning, so I didn't go swimming.

　我昨天上午在寫報告，所以沒去游泳。

★ Professor Wang **was waiting** for a bus.

王教授在等公車。

★ The whole family **were traveling** abroad.

一家人正在國外旅行。

Extra　過去進行式

(1) leave、arrive、start、die、stop 等動詞的過去進行式表示「快要,即將」。

　　★ The old man **was dying**.

　　　這位老人奄奄一息。

(2) 過去進行式常與 always、constantly、continually、frequently、forever 等詞連用,表示過去經常發生的動作或行為,有時候帶有感情色彩。

　　★ The little boy **was always changing** his mind.

　　　這個小男孩總是改變主意。

(3) 用 when 引導時間副詞子句,主句用動詞的過去進行式表示事件發生的同時性,結構為:S + was/ were + V-ing... + when + S + V-ed...。

　　★ **When** my father *walked* in, we **were eating**.

　　　當父親走進來的時候,我們正在吃飯。

　　★ I **was making** some coffee, **when** they *arrived*.

　　　我正在準備咖啡,這時他們到了。

c S + had + V-en.... 《過去完成式》

過去完成式由「had + 過去分詞」構成,不管第幾人稱都用 had。表示「過去某時之前已經發生的動作或狀態,強調過去的過去」之意,和 **after**、**by**、**before** 等引導的副詞連用。

★ My boyfriend said that **he had called** from the airport.

我男朋友說他從機場打來電話。

★ Our class leader told us what **had happened** to our teacher.

班長告訴我們老師發生了什麼事情。

★ By the end of last year, we **had built** many new houses in the town.
到去年年底我們在鎮上已經興建許多新房子。

★ Before yesterday John **had recited** about ten poems.
昨天之前 John 已經背下來大約十首詩。

☺ **Extra** 　過去完成式

(1) 可以用 expect、hope、mean、intend、plan、suppose、think、want、wish 等動詞的過去完成式表示「本來打算做而實際上卻沒有做的事」。

★ We **had intended** to go out for a walk, but it rained.
我們本來打算出去散步，但是下雨了。

(2) 過去完成式經常用在 **no sooner...than; hardly/ scarcely/ barely...when** 的結構中。

★ No sooner **had** the old lady **heard** the bad news than she fainted.
老太太剛一聽到這個壞消息就昏過去了。

d S + had + been + V-ing.... 《過去完成進行式》

過去完成進行式由「had + been + 現在分詞」構成，表示「過去某時前一直在進行的動作，動作延續到過去某個時刻」。

★ I **had been waiting** for half an hour before the doctor **came**.
我等了半個小時醫生才來。

★ At last the boss **got** the fax he **had been expecting**.
最後老闆收到了一直在等的傳真。

★ The kid **had been walking** the whole morning so he **felt** very tired.
孩子走了一上午所以感覺很累。

★ My father **told** me what he **had been working** on.
父親告訴我他一直在做什麼。

5-3 未來

a S + will + V....   《未來簡單式》

未來簡單式由「will + 動詞原形」構成，常縮寫成 'll。表示「將要發生的動作或情況」。

(1) 否定句在 will 後面加 not，will not 可縮寫為 won't。

(2) 疑問句把 will 提前，句子要主動詞倒裝，即主詞要放到 will 的後面。回答時用 yes/ no 和 will 做簡短回答。

> 😊 小叮嚀
>
> 在時間和條件副詞子句中，主句用未來簡單式，子句用現在簡單式。
> If it **rains**, we**'ll not** go out.
> 如果下雨我們就不出去。

★ **I'll go** to work at ten o'clock.

我十點要去工作。

★ My father **will sign** the contract with the American company.

我父親將和美國公司簽署合同。

★ We **won't cooperate** with lazy people.

我們不和懶人合作。（否定句）

★ **Will you come** to the party tomorrow morning?

明天上午你來參加聚會嗎？（疑問句）

😊 Extra   shall v.s. will

(1) 在傳統英式英語中，shall（與第一人稱使用）多用於表示「未來的情況」。但現在英語中，shall 與 will 已無區別，且美式英語中基本上已不使用。現今 shall 在英式英語中，仍使用於第一人稱中的疑問句，表示「提出建議及幫助的情況」之意。

(2) be going to 和 will 在含義上略有不同。be going to 往往表示「事先經過考慮的意圖和打算」；will 多表示「意願和決心」。

★ We **are going to** buy a new car when we've saved enough money.
我們打算存夠了錢買輛新車。(表示打算)

★ I**'ll study hard** to pass the college entrance examination.
我要努力學習來通過大學入學考試。(表示決心)

b S + will + be + V-ing.... 《未來進行式》

未來進行式由「will be + 現在分詞」構成,表示「將來某時正在進行的動作或按照安排將要發生的事情」。

★ This time next week we**'ll be traveling** in Australia.
下周這個時間我們將在澳大利亞旅行。

★ At this time tomorrow we**'ll be waiting** for our teacher at the school.
明天這個時間我們要在學校等老師。

★ I suppose you**'ll be leaving** soon.
我想你會很快離開。

★ On Friday morning, I**'ll be meeting** a friend at the train station.
週五上午我要在火車站接一個朋友。

c S + will + have + V-en.... 《未來完成式》

未來完成式由「will + have + 過去分詞」構成,表示「在將來某時刻之前已經完成的動作」。和它連用的時間副詞有 by tomorrow、by next year、by that time 等,以及由 before、when、by the time 等引導的副詞子句。

★ Before Mary goes to bed, she **will have completed** her work.
到上床睡覺的時候瑪麗將完成工作了。

★ By next year, we**'ll have learned** how to swim.
明年我們將學會游泳了。

★ By 2008, our living standard **will have been increased**.
到 2008 年我們的生活水準將提高了。

★ By the end of the class, our poor pronunciation **will have been corrected**.
到下課的時候我們糟糕的發音將會被糾正了。

d **S + will + have + been + V-ing....** 《未來完成進行式》

未來完成進行式由「will + have been + 現在分詞」構成，表示「將來某時刻之前一直進行的動作，某種狀態一直持續到說話所提及的時間」。

★ By Christmas, my elder sister **will have been studying** in the States for three years.

到耶誕節的時候我姐姐就已經在美國求學三年了。

★ By tomorrow, I**'ll have been working** on my essay for ten hours.

到明天我就已經寫論文寫了十個小時了。

★ By next July, Max **will have been living** in London for seven months.

到明年 7 月，Max 在倫敦就已經居住了七個月。

6 句子的被動語態

6-1 被動語態的構成

a **S + Vt + O ➔ S + be + V-en...(+ by + O)**

(1) 被動語態強調動作的承受者，「be (am/ is/ are) + 過去分詞」成，意為「…被…」。
   要注意主詞動詞一致。by... 引出動作的執行者。

(2) 不知道或者無需指出動作的執行者時，可以用被動語態。

(3) 不及物動詞不能夠構成被動語態，但部分不及物動詞和介係詞連用構成固定片語
   時，可用被動語態，介係詞和動詞不能夠分開。

   S + Vi + prep. + O ➔ O + be + V-en + prep. (+ by S)

★ I **broke** the vase yesterday.

   ➔ The vase **was broken** *by* me yesterday.

   花瓶昨天被我打破了。

★ Rice **has been eaten** up.

   米吃完了。

★ My mother's handbag **was stolen** on the train.

   我媽媽的手提包在火車上被偷了。

★ I **wrote down** the number correctly.

   ➔ The number **was written down** correctly by me.

   號碼正確的被我抄下。

★ There are still some problems that **haven't been dealt with**.

   還有些問題尚未被解決。

Extra | (1) S + get/ become + V-en... (2) 情緒類動詞
(3) 主動表示被動 (4) 動名詞表示被動

(1) get 和 become 經常用來代替 be 構成被動語態
  ★ The old man **got** bothered by his health.
    老人擔心自己的身體。
  ★ Mr. Chang **became** angered by his son.
    張先生被兒子激怒了。

(2) **情緒類動詞**常用被動形式表達，其實這個過去分詞型態的動詞已具有形容詞的詞性，但它後面的介係詞通常不一定是 by。
  ★ The poor mother was **worried about** her kid.
    可憐的媽媽擔心她的孩子。
  ★ We are all **pleased with** the good news.
    我們聽到好消息都非常高興。

(3) 一些動詞和 well，easily 等副詞連用時，可以用**主動語態**表示被動：
  ★ This pen **writes** well.
    這支筆很好用。
  ★ This knife **cuts** easily.
    這把刀子很好用。

(4) 一些詞可以接**動名詞形式**來表示被動意義，如 worth、need、want、require 等。
  ★ Although the task is rather difficult, it is **worth** trying.
    儘管這項任務相當難，但是很值得一試。
  ★ The house **needs** cleaning.
    這棟房子需要打掃。

b S + do/ does/ did + not + V + O....
➲ S + be + not + V-en + by + O....　　《否定句的被動語態》

由主動語態改為被動語態時，要保持原來的時態。

★ Mrs. Smith **doesn't** cook the meal.
  ➲ The meal **is not** cooked by Mrs. Smith.
  這餐不是 Smith 夫人做的。

★ Most students **do not** pay their tuition by themselves.

➔ Their tuition **is not** paid by most students themselves.

學費不是由多數學生們自己付的。

★ Helen **didn't** finish her paper on time.

➔ Helen's paper **wasn't** finished on time.

Helen 的報告沒有按時完成。

c Do/ Does/ Did + S + V + O...?

➔ Be + S + V-en + by + O...?　《疑問句的被動語態 I》

一般疑問句的被動語態由「be + 主詞 + 過去分詞」構成，be 動詞要提到主詞前面。

★ **Does** Tim **write** this book by himself?

➔ **Is** this book **written** by Tim himself?

這本英語書是 White 先生自己寫的嗎？

★ **Did** the white cat **eat** the fish?

➔ **Was** the fish **eaten** by the white cat?

魚是那隻白貓吃的嗎？

d Wh- + V + O...?

➔ （Prep.）+ wh- + be + S + V-en...?　《疑問句的被動語態 II》

特殊疑問句的被動語態由「疑問詞 + 介係詞 + 主詞 + 過去分詞」構成。

★ Why **did** John's father **beat** him?

➔ Why **was** John **beaten** by his father?

John 為什麼挨他父親打？

★ When **will** Kim **complete** the project?

➔ When **will** the project **be completed** by Kim?

什麼時候 Kim 能完成這項計畫？

★ Where **did** you **buy** your computer?

➔ **From** <u>where</u> was your computer **bought**?

你的電腦在哪買的?

6-2 被動語態的時式

a **S + am/ is/ are + V-en... (+ by + O)**

S + was/ were + V-en... (+ by + O)

S + will + be + V-en... (+ by + O) 《簡單式被動語態》

(1) 現在式的被動語態,由「am/ is/ are + 過去分詞」構成,表示「經常被做的動作」。

(2) 過去式的被動語態,由「was/ were + 過去分詞」構成,表示「過去被做的動作」。

(3) 未來式的被動語態,由「will + be + 過去分詞」構成,表示「將來要被做的動作」。

★ I **am scolded by** <u>my father</u> for the mistake I make.

我由於犯錯受父親責罵。

★ Prof. Martin **is respected by** <u>all of us</u>.

Martin 教授受到我們所有人的尊敬。

★ All kids in the kindergarten **are taken good care of**.

幼稚園的所有孩子都受到很好的照顧。

★ Betty **was brought up by** <u>her grandpa</u>.

Betty 由她祖父養育長大。

★ All of the trees **were planted** last year.

所有的樹都是去年栽的。

★ My husband **will be transferred to** another company next year.

我丈夫明年要調到另一家公司。

b **S + am/ is/ are + being + V-en... (+ by + O)**

S + was/ were + being + V-en... (+ by + O) 《進行式被動語態》

(1) 現在進行式的被動語態,「am/ is/ are + being + 過去分詞」,表示「現在正在被進行的動作」。

(2) 過去進行式的被動語態,「was/ were + being + 過去分詞」,表示「過去某時正在被進行的動作」。

★ I **am being examined by** the doctor now.

我正在接受醫生的檢查。

★ The thief **is being questioned by** the policeman.

小偷正受警方的審問。

★ My parents **are being interviewed by** a reporter.

我的父母正在接受記者採訪。

★ Heroes **were being surrounded by** many people at that time.

英雄們當時正在被許多人圍著。

★ The problem **was being investigated** last month.

上個月問題正處於調查之中。

c **S + have/ has + been + V-en... (+ by + O)**

S + had + been + V-en... (+ by + O)

S + will + have + been + V-en... (+ by + O) 《完成式被動語態》

(1) 現在完成式的被動語態,由「have/ has + been + 過去分詞」構成,表示「到目前為止已經被做完的動作」。

(2) 過去完成式的被動語態,由「had + been + 過去分詞」構成,表示「到過去某時為止已經被做完的動作」。

(3) 未來完成式的被動語態,由「will + have + been + 過去分詞」構成,表示「到將來某時為止已經被做完的動作」。

★ I **have been taught by** Professor Chen for 3 years.

陳教授已經教了我 3 年。

★ The old building **has been demolished** for 10 months.

那個舊建築已經被拆了有 10 個月了。

★ My article **had been published** by the end of last year.

去年年底的時候我的文章就已經被發表了。

★ The couple **had been divorced** for one year by the end of last month.

到上個月底，這對夫妻已經離婚一年了。

★ The meeting **will have been postponed** for a week.

會議將已經延後一周了。

6-3 被動語態的其他用法

a S + Aux + be + V-en... (+ by + O)

S + Aux + have + V-en... (+ by + O) 《助動詞的被動語態》

(1) 助動詞的被動語態由「助動詞 + be + 過去分詞」構成。

(2) 助動詞的被動語態的完成式由「助動詞 + have + been + 過去分詞」構成，有時候這種句型可以用來表示「推測」。

★ The assignment **can be done** tomorrow.

作業可以明天再做。

★ The problem **couldn't be solved** by a six-year-old.

這難題不可能是一個 6 歲小孩解決的。

★ My dream **may be realized** soon.

我的夢想很快可以得以實現。

★ The bowl **must have been broken** by you.

碗一定是你打破的。

★ Our team **couldn't have been defeated**.

我們隊不可能被打敗。

★ The important meeting **shouldn't have been canceled**.

這個重要的會不應該被取消。

b **S + V + IO + DO** ➜ **S + be + V-en + O (+ by sb)**

➜ **S + be + V-en + Prep. + O (+ by sb)** 《授與動詞的被動語態》

授與動詞的主動語態的結構為：「主詞 + 授與動詞 + 間接受詞 + 直接受詞」，使用被動語態時，可用主動語態中的「間接受詞」或「直接受詞」作為被動語態的主詞。

★ My father **gave** *me* a book.

➜ *I* **was given** a book **by** my father.

➜ A book **was given to** *me* **by** my father.

我父親給我一本書。

★ The school **awards** *Tom* the scholarship.

➜ *Tom* **is awarded** the scholarship **by** the school.

➜ The scholarship **is awarded to** *Tom* **by** the school.

學校給 Tom 獎學金。

★ The bank **granted** *us* a loan.

➜ *We* **were granted** a loan **by** the bank.

➜ A loan **was granted to** *us* **by** the bank.

銀行給我們貸款。

c **S + see/ hear/ feel + 原形 V....**

➜ **S + be + seen/ heard/ felt + to V... (+ by sb)**

《感官動詞的被動語態》

在主動句中，感官動詞 (see、watch、hear、notice、observe、feel 等) 的受詞補語是原形動詞時，變為被動語態時，之後要接 **to + V**。

★ I **heard** the newly-wed *quarrel*.

➡ The newly-wed **were heard to** *quarrel*.

我聽到新結婚的夫妻吵架。

★ The policeman **saw** the thief *steal* the car.

➡ The thief **was seen to** *steal* the car **by** the policeman.

員警看到賊偷車。

★ I **felt** the sand *move*.

➡ The sand **was felt to** *move*.

我覺得沙在動。

😊 **Extra** | 主動語態表示被動

一些**感官動詞**的主動語態可以表示被動的意義：

★ The air **smells** fresh.

空氣聞起來很新鮮。

★ The apple **tastes** good.

蘋果嘗起來味道不錯。

---

d **S + make/ bid + 原形 V....**

➡ **S + be + made/ bidden + to V... (+ by sb)**

《使役動詞的被動語態》

(1) 使役動詞用於主動語態時，其受詞補語是原形動詞。

(2) 變為被動語態時，原形動詞要變為 **to + V**。

★ My sister **makes** me *laugh*.

➡ I **am made to laugh** by my sister.

我妹妹總使我發笑。

★ Mr. Yu **bade** his students *do* homework.

➡ Students **were bidden to do** homework by Mr. Yu.

余老師讓學生們寫作業。

★ Robbers **made** me *give* them money.

　➲ I **was made to give** robbers money.

搶劫犯逼我把所有的錢給他們。

e S + V + O + OC

➲ **S + be + V-en + SC (+ by + O)**

《不完全不及物動詞的被動語態》

(1) 不完全不及物動詞用於主動語態時的結構為「主詞 + 不完全不及物動詞 + 受詞 + 受詞補語」，在改為被動語態時，結構為「主詞 + be + 不完全不及物動詞的過去分詞 + 主語補語」。

(2) 當改為被動語態時，主動語態中的受詞變為被動語態中的主詞，主動語態中的受詞補語變為被動語態中的主詞補語。

(3) 常見動詞有 elect/ believe/ consider/ choose/ appoint/ call 等。

★ We **elected** *Leon* our class leader.

　➲ *Leon* **was elected** our class leader.

我們選 Leon 當班長。

★ Mr. Chen **called** *his daughter* Jane.

　➲ *His daughter* **was called** Jane **by** Mr. Chen.

陳先生管他的女兒叫 Jane。

★ I **believe** *Tony* to be an honest person.

　➲ *Tony* **is believed to be** an honest person **by** me.

我相信 Tony 是個誠實的人。

★ All jurors **consider** *the suspect* guilty.

　➲ *The suspect* **was considered** guilty **by** all jurors.

所有的陪審員都認為嫌疑犯有罪。

Extra 不及物動詞或者不及物動詞片語沒有被動語態

★ Our salary has **risen**.

我們漲工資了。

(NOT：*Our salary has been risen.*)

★ The war **broke out** in 1889.

戰爭在 1889 年爆發。

(NOT：*The war was broken out in 1889.*)

f It + be + said/ reported/ believed + that + S + V....

➔ S + be + said/ reported/ believed + to + V....

(1) 有些時候，不需要指出句子主語時，可用此句型來表示「據說／據報導…」等。

(2) 其中，it 為虛主詞，真正的主詞是 that 引導的子句。

(3) 此句型可把 that 子句中的主詞變為整句的主詞，that 子句改為不定詞結構。

(4) 常見的可用於此句型的動詞有：say/ report/ believe/ state/ know/ suppose/ suggest/ consider/ prove/ expect/ admit/ think/ understand/ find 等。

★ **It is said that** Students' Union will *hold* a party.

➔ Students' Union **is said to** *hold* a party.

據說學生會要舉辦一個晚會。

★ **It is reported that** this summer will *be* extremely hot.

➔ This summer **is reported to** *be* extremely hot.

據報導今年夏天非常熱。

★ **It is believed that** our team will *win* the football match.

➔ Our team **is believed to** *win* the football match.

大家都相信足球賽我們隊會贏。

g It + be + V-en (considered/ proved/ found) + Adj/ N

$$(+ \text{ for sb.}) + \begin{cases} \textbf{to V....} \\ \textbf{(one's) V-ing....} \end{cases}$$

在本句型中，it 為虛主詞，真正的主詞是後面的不定詞或者動名詞。

★ **It is considered** *suitable* for John to be our class leader.

　　大家都認為 John 適合做班長。

★ **It is proved** *a mistake* for us to accept the difficult task.

　　我們接受了這個困難的任務證明是個錯誤。

★ **It is found** *foolish* for Tom resigning.

　　Tom 辭職是愚蠢的。

NOTES

不定詞

7-1 不定詞的名詞用法

a To V... + is/ was.... 《作主詞》

(1) 不定詞的形式為「to + 動詞原形」，不定詞不可用作句子的動詞。

(2) 不定詞可以用作句子的主詞，動詞用 be 動詞的單數形式。

★ To read English aloud **is** a good way to practice your oral English.

大聲朗讀英語是練習口語的很好的方法。

★ To run 1,000 meters without stopping **is** very difficult for me.

不停地跑 1000 公尺對我來講非常難。

★ To study in America **was** an impossible dream for Mr. Lin thirty yeas ago.

三十年前去美國讀書對林先生來講是一個不可能實現的夢。

b S + V₁ (+ O/ Prep.) + to V₂.... 《作受詞 I》

不定詞可以用作句子的受詞。

★ My teacher instructed *us* **to behave** ourselves in the class.

我的老師要我們在班上乖乖的。

★ My mother didn't want *me* **to attend** the party.

我媽媽不想讓我參加派對。

★ The old man told *his grandson* **to study** hard.

老先生要他的孫子好好用功。

★ We don't *believe* **there to be** a quarrel between the couple.

我們不相信這對夫妻會吵架。

★ All my classmates don't *like* **there to be** another English test.

我們班所有同學都不想有另一個英語考試。

★ Everyone *expects* **there to be** a miracle in this match.

每個人都期待這場比賽會有奇蹟。

c S + V₁ (+ O) + wh- + to V₂.... 《作受詞 II》

不定詞用作句子的受詞時，前面可以加一個疑問詞。

★ I haven't decided **which one to buy**.

我還沒決定買哪一個。

★ My colleagues are discussing **how to celebrate our success**.

我的同事正在討論如何慶祝成功。

★ The boss told *the secretary* **what to do**.

老闆告訴秘書要做什麼。

★ Tom's mother asks *him* **where to go**.

Tom 的媽媽問他去哪。

 Extra | wh- + to V

「wh- + to V」還可以用作補語和主詞：

★ What I'm thinking about is how to make my dream come true.

我在考慮的是如何夢想成真。（用作補語）

★ How to use the English dictionary is not difficult to learn.

如何使用英語字典不難學。（用作主詞）

d **S + be + to V....**　　《作主詞補語》

不定詞可以用作主詞補語。「be + to」經常表示「將來的動作或者安排」。

★ I **am to hand** in my paper next week.

我下周要交報告。

★ The delegation **is to hold** a meeting tomorrow.

代表團明天要召開會議。

★ My son **is to graduate** from college next year.

我兒子明年大學畢業。

e **S + V₁ + O + to V₂....**　　《作受詞補語》

不定詞可以用作受詞補語，結構為：「V₁ + O + to V₂」。

★ I ask *my cousin* **to show** me around.

我要我的表妹帶我到處轉轉。

★ Susan wants *her roommate* **to help** her study English.

Susan 想讓她的室友幫她學英語。

★ I teach *my son* **to play** the piano.

我教我兒子彈鋼琴。

☺ **Extra**　　**S + V₁ + O + to V₂**

(1) 在「V₁ + O + to V₂」結構中，常用動詞如：consider/ find/ believe/ think/ declare/ appoint/ guess/ judge/ imagine/ know。V₂ 通常會是「介系詞 + be」。

(2) 若 be 後面緊跟一個形容詞時，to be 可省略：

　　★ We **believe** this poor man (to be) *innocent*.

　　我們相信這個可憐人是無辜的。

　　★ All my colleagues **consider** Tom (to be) *capable*.

　　我同事都認為 Tom 有能力。

　　★ Most people **found** Senator Obama (to be) *popular*.

　　多數人都認為 Obama 議員受歡迎。

7-2 不定詞的形容詞用法

...N + to V (+ Prep.)....

不定詞可以放在名詞之後當形容詞修飾名詞。

★ **The decision** to sell the house is difficult to make.

賣掉房子的決定很難下。

★ **The ability** to deal with a demanding task is required.

要求有能夠處理費力工作的能力。

★ **Jane's attempt** to please her teacher is obvious.

Jane 要取悅她老師的企圖很明顯。

 Extra　序數詞 + 不定詞

另外，不定詞可以放在序數詞之後（如：the first、the last、next）：

★ Jason is always **the first one** to come to the class.

Jason 總是第一個到教室。

★ Who will be **the next** to make a speech?

接下來由誰發言？

7-3 不定詞的副詞用法

a S + V₁/ be...to + V₂....

　➔ S + V₁/ be...in order to + V₂....

　➔ S + V₁/ be...so as to + V₂....　《表示正面目的》

不定詞可以單獨用，或者用在 in order to/ so as to 等結構中，用來表示「正面目的」，可以譯作「為了」。

★ Henry was diligent in study **to get** a good score in finals.

➔ Henry was diligent in study **in order to get** a good score in finals.

➔ Henry was diligent in study **so as to get** a good score in finals.

Henry 很用功,為了在期末考試中取得好成績。

★ I'm trying my best **to be** a good student.

➔ I'm trying my best **in order to be** a good student.

➔ I'm trying my best **so as to be** a good student.

我努力作一個好學生。

★ Jenny walks to school every day **to save** some money.

➔ Jenny walks to school every day **in order to save** some money.

➔ Jenny walks to school every day **so as to save** some money.

Jenny 為了省錢,每天步行去上學。

 Extra

表「目的」的用法

➔ **S + V₁/ be...for the purpose of + V₂-ing....**

$$S + V_1/ \text{ be...for the purpose of } + V_2\text{-ing....}$$

➔ **S₁ + V₁/ be... + so that/ in order that + S₂ + may/ might + V₂....**

$$S_1 + V_1/ \text{ be... } + \text{ so that/ in order that } + S_2 + \text{may/ might} + V_2....$$

★ Lisa studies hard **to get** a scholarship.

➔ Lisa studies hard **for the purpose of** *getting* a scholarship.

➔ Lisa studies hard **so that/ in order that** she may get a scholarship.

Lisa 很用功,為了得到獎學金

---

b **S + V... + in order not to + V....**

➔ **S + V... + so as not to + V....** 《表示反面目的》

不定詞用在 in order not to/ so as not to 結構中,可以用來表示「反面目的」。否定詞 not 加在 to 的前面,表示「以免」之意。

★ My son gets up very early every morning **in order** *not* **to be** late for school.

➔ My son gets up very early every morning **so as** *not* **to be** late for school.

我兒子每天早晨很早起床,以免上學遲到。

★ Willa studies English very hard **in order** *not* **to fail** in the exam again.

➡ Willa studies English very hard **so as** *not* **to fail** in the exam again.

Willa 很努力學英語，以免考試又不及格。

★ Jane turned the radio down **in order** *not* **to disturb** her little sister.

➡ Jane turned the radio down **so as** *not* **to disturb** her little sister.

Jane 把收音機音量調低，以免打擾她的妹妹。

😊 **Extra** **S₁ + V₁ + so that/ in order that + S₂ + may/ might + not + V₂....**

此句型也可表示「目的」：

★ Elsa got up early this morning **in order** *not* **to miss** the live baseball game.

➡ Elsa got up early this morning **so that/ in order that** she might *not* miss the live baseball game.

為了不錯過直播棒球賽，Elsa 今天早上早起。

c S + be/ V + so + Adj/ Adv + as to + V....

➡ S + be/ V + Adj/ Adv + enough to + V.... 《表示正面結果》

不定詞用在 so...as to/ ...enough to 結構中，表示正面結果，為「如此…以至於」。

★ The little boy is **so** *clever* **as to** *solve* the math problem by himself.

➡ The little boy is *clever* **enough to** *solve* the math problem by himself.

小男孩很聰明，能夠自己解決這個數學問題。

★ The wind is blowing **so** *hard* **as to** *blow* my hat off.

➡ The wind is blowing *hard* **enough to** *blow* my hat off.

風刮的很大把我的帽子吹走了。

★ Jack worked **so** *hard* **as to** *find* a good job after college.

➡ Jack worked *hard* **enough to** *find* a good job after college.

Jack 很用功為了大學畢業後找一份好工作。

此句型也可以表示「結果」：

★ John is **so** *happy* **as to** have a cheerful smile on his face all day long.

➔ John is **so** *happy* **that** he has a cheerful smile on his face all day long.

John 很開心，所以整天笑臉迎人。

★ Susanne speaks Italian **so** *well* **as to** interpret for us.

➔ Susanne speaks Italian **so** *well* **that** she can interpret for us.

Susanne 義大利文說的很好，所以可以幫我們翻譯。

d   S + be/ V + too + Adj/ Adv + to V....

➔ S + be/ Aux + not... + Adj/ Adv + enough to + V....

《表示反面結果》

不定詞用在 too...to 結構中時，表示「反面結果」，為「太…而不能」之意。

★ Mr. Yu is **too** *old* **to** walk a long way.

➔ Mr. Yu is **not** *young* **enough to** walk a long way.

于先生年紀太大了，而不能走遠路。

★ The knife is **too** *dull* **to** use.

➔ The knife is **not** *sharp* **enough to** use.

刀子太鈍了，而無法使用。

★ John got up **too** *late* **to** *catch* the train.

➔ John did**n't** get up *early* **enough to** catch the train.

John 起床太晚了，而沒有趕上火車。

(1) 表達「太…而不能 / 無法…」：

★ Mike is **too** *lazy* **to** finish his homework on time.

➔ Mike is **so** *lazy* **that** he cannot finish his homework on time.

Mike 太懶惰了而無法準時完成作業。

(2) 當 too 前面有 only 時，表示「非常；太」之意。

★ Unbelievably I read the headline and found that the scandal was **only too** true.
令我無法置信的是，我看了頭條發現這醜聞居然是真的。

e S + be + not/ never + too + Adj + to V.... 《表示結果》

不定詞用在 not/ never too...to 結構中時，可以用來表示「結果」。

★ We'll be **never too** *old* **to** study.

我們要活到老，學到老。

★ It is **not too** *late* **to** correct your mistake.

你要改正錯誤還不太晚。

★ It is **not too** *cold* **to** wear the sweater.

天還不太冷，不用穿毛衣。

f S + be + too + Adj + not to V.... 《雙重否定的用法》

在 too...to 句型中加否定詞 not，整個句子表示「肯定」意思。

★ Mary is **too** *diligent* **not to** be at the top of her class.

Mary 很勤奮，肯定能夠在班上名列前茅。

★ We are **too** *hot* **not to** go swimming.

我們太熱了要去游泳。

★ My mother is **too** *warm-hearted* **not to** help the beggar.

我媽媽心腸太好了，肯定會幫助那個乞丐。

g S + be + Adj + to V.... 《表示原因、理由》

不定詞可以表示「原因、理由」。

★ I'm *afraid* **to** be fired.

我怕被解雇。

★ The teacher **is** *angry* **to** hear the news.

老師聽到這個消息很生氣。

★ It **is** *interesting* **to** play football.

踢足球很有意思。

7-4 不定詞與 **it** 搭配的用法

a It + be + Adj/ N (+ for sb) + to V....

不定詞做句子的主詞時，用 it 作為句子的虛主詞，把不定詞放於句子後。

★ It is *hard* **for** a college graduate to find a decent job now.

對大學畢業生而言，現在要找到一份優渥的工作不容易。

★ It's *impossible* **for** everyone to live without water.

對每個人來說，沒有水活不了。

★ It is not *an easy task* (**for** everyone) to learn English well.

要學好英語不容易。

b It + be + Adj + of sb + to V....

在 a、b 兩個句型中，形容詞表示「事物的客觀特點」時（如：easy、hard、difficult、interesting、impossible），用 **for sb.**；而形容詞表示「主觀情感或者性格」時（如：good、kind、nice、clever、foolish、right），用 **of sb**。

★ It's *kind* **of** you to help me.

你真是好心，來幫我。

★ It's *cruel* **of** people to cage little birds.

人們把小鳥關在籠中很殘忍。

★ It's *nice* **of** you to call me.

你打電話給我，真好。

★ It's *foolish* **of** us to make such a mistake.

我們犯那個錯誤，太蠢了。

c **It + takes/ needs/ requires/ costs... + O + to V....**

take/ need/ require/ cost 後面可接受詞，然後接不定詞。

★ It **takes** *me 15 minutes* to walk to school.

我走路到學校需要花 15 分鐘。

★ It **needs** *your hard work* to be a top student.

要成為一個最優秀的學生需要努力學習。

★ It **requires** *2 years' working experience* to become a clerk of this company.

要成為這個公司的職員需要兩年的工作經驗。

★ It **costs** *me 200 dollars* to buy the book.

這本書花了我 200 元。

d **S + V₁ + it + Adj/ N (+ for sb) + to V₂....**

不定詞可以與 it 連用，it 作為句子的**虛受詞**，真正的**受詞**是後面的不定詞結構。

★ I think **it** *necessary* for you **to clean your bedroom**.

我認為你有必要打掃一下臥室。

★ My father felt **it** *his duty* **to educate us well**.

父親覺得把我們教育好是他的責任。

e **It + is/ was + (about/ high) time (+ for S) + to V....**

➲ **It + is/ was + (about/ high) time + for N....**

➲ **It + is/ was + (about/ high) time (+ that) + S +**

V-ed/ should V....

不定詞可作為 time 的修飾。

★ It is **about time** to sleep.

➲ It is **about time** for sleep.

➲ It is **about time** that we slept.

是睡覺的時間了。

★ It was **about time** *for us* to buy a new car.

➔ It was **about time** for a new car.

➔ It was **about time** that we should buy a new car.

是買輛新車的時候了。

★ It is **high time** *for us* to have a holiday.

➔ It is **high time** for a holiday.

➔ It is **high time** that we had a holiday.

該是休假的時候了。

f **It is useless to V....**

➔ **It is no use + V-ing....**

➔ **There is no use + (in) V-ing....**

It is useless 後面可加不定詞結構，在此結構中不定詞是真正的主詞，it 為虛主詞，為
「做…事情是沒用的」之意。

★ **It is useless** to worry about time.

➔ **It is no use** worrying about time.

➔ **There is no use** (in) worrying about time.

擔心時間是沒有用的。

★ **It is useless** to complain all day long.

➔ **It is no use** complaining all day long.

➔ **There is no use** (in) complaining all day long.

整天抱怨沒有用。

7-5 省略不定詞 to 的慣用語

a		
S +	had better	
	would rather	
	cannot (help) but	+ 原形 V....
	do nothing but	
	may/ might as well	

★ You **had better** *take* more exercise in order to keep fit.

為了保持身體健康，你應該多做運動。

★ My grandmother **would rather** *stay* at home.

我祖母寧願待在家裏。

★ Mary is so excited that she **cannot help but** *cry*.

Mary 太激動了以至於哭起來。

★ John can **do nothing but** *wait*.

John 除了等，什麼也做不了。

★ We **may/ might as well** *hand* in our paper as soon as possible.

我們還是儘早把作業交出去。

😀 **Extra**　　省略 or 不省略不定詞 **to**

(1) help 的後面可以帶 to，也可以不帶 to。

　　★ My sister **helped** me (to) *move* a sofa.
　　　我的姐姐幫我搬沙發。

(2) 一些詞用作主動形式時，後面不帶 to，作被動形式時，後面要帶 to，如：make。

　　★ Helen's joke **makes** me *laugh* for a long time.
　　　➡ I **am made to** *laugh* by Helen's joke.
　　　Helen 的笑話讓我笑得很久。

(3) 情態動詞的後面不帶 to，詳情請參見情態動詞部分。

---

b **All (+ S) + have/ has/ had + to do + is/ was + 原形 V....**

主要子句 is/ was 後用原形動詞。

★ All I have to do **is** *study* hard.

我要做的就是努力讀書。

★ All Mark has to do **is** *go* to school every day on time.

Mark 要做的就是每天準時上課。

★ All my father had to do at that time **was** *work* with one American company.

在那時我父親要做的就是和一家美國公司合作。

☺ **Extra**   **Why not** + 原形動詞

用於向某人提建議，為「為什麼不……」之意。

★ Why not **come** with me and **have** a cup of tea?

為什麼不跟我來喝杯茶？

★ Why not **get** up earlier and **go** to climb the mountain?

為什麼不早點起去爬山呢？

7-6 不定詞的時式與語態

a **S + V + to + have + V-en....**   《時式》

(1) 不定詞的完成式為：to + have + V-en....，表示不定詞的動作發生在主動詞之前。

(2) 不定詞與 intend、mean、promise、plan、hope、want、expect 等詞的過去式

連用，經常表示「本來的打算、希望等，但是沒有實現」。

★ My father **seems** to have drunk too much.

我爸爸看起來喝得太多了。

★ I **intended** to have come earlier, but I didn't catch the train.

我本打算早點來，但是我沒趕上火車。

★ Mary's classmates **meant** to have told her about the bad news.

Mary 的同學本打算告訴她這一壞消息。

b S + V + to + be + V-en.... 《被動語態》

不定詞的被動語態：to + be + V-en....，句中的主詞是不定詞結構的承受者。

★ I *hope* **to be employed** by Google.

我希望被 Google 聘用。

★ Mr. Smith *wants* **to be elected** as Mayor.

Smith 先生希望被選為市長。

★ The window *seemed* **to have been broken**.

窗戶看起來已經被打破了。

c S + be + Adj + to + be V-en/ have been V-en.... 《被動語態》

一些形容詞的後面可跟不定詞的被動語態。

★ I'm *amazed* **to have been awarded** the prize.

我很驚訝得了獎。

★ Betty is *anxious* **to be given** the ticket.

Betty 急於拿到門票。

★ This French classic novel is *worthy* **to be read**.

這本法語古典小說值得一讀。

7-7 獨立不定詞

To sum up, To be sure, To be brief, To begin with, To tell the truth, To make matters worse, To be frank, Needless to say,	+ S + V....

1. 這些不定詞可以作為句子的獨立部分。與表示「目的」的不定詞用法不同。

2. 另外一些形容詞和副詞的後加上不定詞結構，可以作為句子中的獨立結構出現，如：
   strange to say/ sad to say/ so to speak...。

★ **To sum up**, you've done a good job.
   概括地說，你做得很棒。

★ **To be sure**, I still stick to my opinion.
   的確，我還是堅持我的意見。

★ **To be brief**, our standard of living has been improved.
   簡而言之，我們的生活水準提高了。

★ **To begin with**, let me tell you a story.
   首先，讓我給你講一個故事。

★ **To tell the truth**, I do not want to go with you.
   說實話，我不想和你去。

★ **To make matters worse**, I forget to take the wallet with me.
   更糟的是，我忘記了帶皮夾。

★ **To be frank**, Jenny is the person to be blamed.
   坦白地說，Jenny 應該受到責備。

★ **Needless to say**, we should not smoke.

不用說，我們不應該吸煙。

★ **Strange to say**, Jack forgot the date.

說來奇怪，Jack 忘記了約會。

★ **Sad to say**, I lost my way.

不幸的是，我迷了路。

★ **So to speak**, we lost the contract just because of you.

恕我直言，我們合約沒有簽成就是因為你的緣故。

 Extra | **To one's + N**

to 可以作為介詞，用在 **To one's + N** 結構中，作為句子的獨立成分，為「使某（些）人⋯的是」之意。

★ **To my joy**, our team won the game at last.
使我高興的是，我們隊最終贏得了比賽。

★ **To our surprise**, our boss raised our salary.
使我們驚訝的是，老闆給我們加薪了。

★ **To his disappointment**, he didn't get the job.
使他失望的是，他沒有獲得工作。

動名詞

8-1 動名詞的名詞用法

a V-ing... + is/ was.... 《作主詞》

(1) 動名詞具有名詞的作用，可作為句子的主詞。

(2) 但是動名詞也保持動詞的特徵，後面可以帶有自己的受詞。

★ **Watching movies** is interesting.

看電影很有意思。

★ **Listening to pop music** was my favorite pastime when I had free time.

在我有空時，聽流行音樂是我最喜歡的娛樂。

★ **Visiting Disneyland** is my dream.

參觀狄斯奈樂園是我的夢想。

☺ Extra　it 虛主詞用法

在一些句型中可以把真正的句子主詞（動名詞）片語挪到句子後面，前面用 it 虛主詞來替代：

★ **It's no use** just *waiting*. 　光等是沒用的。

★ **It's no good** *drinking* too much. 　酗酒沒有好處。

b S + V₁ + V₂-ing.... 《作動詞的受詞 I》

及物動詞後接動名詞作為動詞的受詞：

admit、appreciate、avoid、begin、commence、complete、consider、continue、

delay、deny、deserve、dislike、enjoy、fancy、favor、finish、hate、keep、include、 involve、like、mention、mind、miss、pardon、postpone、practice、prefer、prevent、prohibit、quit、regret、recommend、remember、resent、resist、resume、risk、suggest。

★ I **enjoy** watching TV.

我喜歡看電視。

★ Please **avoid** making mistakes again.

下次請不要再犯錯誤。

★ My son **practiced** playing the violin.

我兒子練習拉小提琴。

★ I've **finished** writing my essay.

我的報告已經寫完了。

c $S + \begin{cases} \textbf{be + Adj + Prep.} \\ \textbf{V}_1 \textbf{ + Prep.} \end{cases} + \textbf{(one's) V}_2\textbf{-ing....}$ 《作介系詞的受詞 II》

介系詞後面以動名詞作介系詞的受詞。

★ I've been used **to** *living* in Australia.

我已經習慣了居住在澳洲。

★ Mrs. Smith was looking forward **to** her husband's *coming* back home.

Smith 夫人正盼望她丈夫回家。

★ My son is good **at** *drawing*.

我兒子擅長畫畫。

☺ **Extra**   動名詞可以用在介系詞後面成為分詞構句：

★ **Before** *talking to* your words, you need to consider its consequence.
在你違背諾言之前，你應該考慮其後果。

★ **After** *coming back from* school, my son began to do his homework.
從學校回來之後，我兒子開始寫作業。

d **S + be + V-ing....** 《作主詞補語》

動名詞可用作句子的主詞補語。

★ Seeing is **believing**.

眼見為實。

★ My favorite sport is **jogging**.

我最喜歡的運動是慢跑。

★ Jason's ideal job is **being** an interpreter.

Jason 的理想工作是成為一名口譯員。

8-2 動名詞 vs. 不定詞

a $S + V_1 +$ $\begin{cases} \textbf{to V}_2 \\ \textbf{V}_2\textbf{-ing} \end{cases}$ 《意思相同》

有些動詞後面接動名詞或者不定詞，意思相同。此類動詞有 begin、start、need、attempt、intend、recommend 等。

★ I **begin** to work in a clinic.

➲ I **begin** working in a clinic.

我開始在診所工作。

★ This living room **needs** to be cleaned.

➲ This living room **needs** cleaning.

這個起居室需要打掃。

★ My father **intends** to find a new job.

➲ My father **intended** finding a new job.

我父親打算找一份新工作。

b $S + V_1$**(stop/ forget/ remember...)** $+ \begin{cases} \textbf{to } V_2 \\ V_2\textbf{-ing} \end{cases}$

有些動詞 (stop/ forget/ remember/ regret/ try/ mean) 後面接動名詞或者不定詞，意思不同。

★ (1) I **stop** *to listen* to English news.

我停下來聽英語新聞。(停下來原來做的事，開始聽英語新聞)

(2) I **stop** *listening* to English news.

我不聽英語新聞了。(先前在聽英語新聞，現在停下來不聽了)

★ (1) Susan **forgot** *to lock* the door.

Susan 忘記了鎖門。(忘記了去做)

(2) Susan **forgot** *locking* the door.

Susan 忘記鎖過門了。(做過了，但是忘記了)

★ (1) My father **remembered** *to turn off* the light before leaving his bedroom.

我父親記得在離開房間前關燈。(記得要去做)

(2) My father **remembered** *turning off* the light before leaving his bedroom.

我父親記得在離開房間前關過燈。(記得做過了)

★ (1) I **regret** *to tell* you that you fail it.

我遺憾要告訴你是失敗了。(對要做的事表示遺憾)

(2) I **regret** *telling* you that your fail it.

我後悔告訴你失敗了。(對已經做過的事很後悔)

★ (1) Tom **tried** *to work* hard.

Tom 儘量努力工作。(盡力去做)

(2) Tom **tried** *working* hard.

Tom 試著努力工作。(試著做)

8-3 動名詞的時式與語態

a

$$S + \begin{cases} \text{be} + \text{Adj} + \text{of} \\ \text{V} \end{cases} + \text{having} + \text{V-en....} \quad 《時式》$$

動名詞的完成時態：having + V-en，表示動名詞的動作發生在主要動詞之前。

★ Susan's father is *proud* of **having seen** her graduation.

　Susan 的父親很自豪看到她畢業。

★ The thief denied **having stolen** the old lady's purse.

　小偷否認偷了老太太的錢包。

★ Mr. Li regretted **having told** his wife about the bad news.

　李先生後悔告訴了他妻子這一壞消息。

b

$$S + V + \begin{cases} \text{being} + \text{V-en....} \\ \text{having} + \text{been} + \text{V-en....} \end{cases} \quad 《語態》$$

(1) 動名詞的現在式被動語態結構為：being + V-en....。

(2) 動名詞的完成式被動語態結構為：having + been + V-en....。

★ I can't stand **being treated** like a kid.

　我不能忍受被當作小孩看待。

★ Betty enjoys **being praised** by others.

　Betty 喜歡被別人稱讚。

★ I resent **having been cheated**.

　我討厭被欺騙。

c **S + need/ require/ want + V-ing....** 《主動語態表示被動意味》

(1) 一些動名詞的主動形式可以表示「被動意味」，此句型也可改為：S + need/ want/
require + to + be + V-en....。

(2) **require/ want + V-ing** 主動語態表示被動意思的用法，多用於英式英語中。

★ My hair *needs* **washing**.

➔ My hair *needs* **to be washed**.

我的頭髮需要洗。

★ This room *wants* **cleaning**.

➔ This room *wants* **to be cleaned**.

這個房間需要打掃。

★ The rice *requires* **soaking** and **washing** before cooking it.

➔ The rice *requires* **to be soaked** and **washed** before cooking it.

米在烹煮前需要浸泡和清洗。

8-4 動名詞的慣用語

a **S + cannot help + V-ing....**

類似句型「**S + cannot (help) but + 原形 V....**」，詳見 7-5-a。

★ Susan **cannot help** *crying*.

Susan 忍不住哭起來。

★ Facing so many people, John **cannot help** *feeling* nervous.

面對這麼多人，John 忍不住感覺緊張。

★ Loving the puppy, the little girl **cannot help** *playing* with it.

小姑娘因為喜歡小狗，所以忍不住和它玩起來。

b S + have
$$\begin{cases} \text{difficulty/ trouble/ a hard time} \\ \text{fun/ a good time} \end{cases}$$ (+ in) + V-ing....

這幾個片語之後用動名詞，in 可以省略。

★ I **have difficulty** (in) *translating* this English word into Chinese.

我要把這個英文字翻譯成中文有點困難。

★ I never **have** any **trouble** (in) *learning* English.

我在學習英語方面從來沒有遇到困難。

★ The patient **has a hard time** *fighting* his disease.

病人和疾病作鬥爭很艱難。

★ The little boy **has fun** *playing* with his new friends.

小男孩和新朋友們玩得很高興。

★ Girls **have a good time** *dancing* in the party.

女孩們在晚會上跳舞很高興。

c **How/ What about + V-ing...?**

➲ **What do you say to + V-ing...?**

這兩個用法提出「建議」，可動名詞，為「…怎麼樣」。

★ How about **drinking** a cup of tea?

➲ What do you say to **drinking** a cup of tea?

喝杯茶怎麼樣？

★ What about **going** out for a walk?

➲ What do you say to **going** out for a walk?

出去散步怎麼樣？

d **No + V-ing....**

★ No **smoking** here.　這裡禁止吸煙。　★ No **parking** here.　這裡禁止停車。

★ No **fishing** here.　這裡禁止釣魚。

e **S + be + worth + V-ing....**

➥ **It is worthwhile + to V..../ V-ing....**

➥ **It is worthwhile (+ for sb.) + to V....**

這些句型表示相似的意思，都表示「…事情值得做」。

★ These books are **worth** *reading*.

　➥ It is **worthwhile** *to read/ reading* these books.

　➥ It is **worthwhile** *for us to read* these books.

　　這些書值得讀。

★ The task is **worth** *trying*.

　➥ It is **worthwhile** *to try/ trying* the task.

　➥ It is **worthwhile** *for us to try* the task.

　　這項工作值得一試。

★ Spanish is **worth** *learning*.

　➥ It is **worthwhile** *to learn/ learning* Spanish.

　➥ It is **worthwhile** *for us to learn* Spanish.

　　值得學習西班牙文。

 Extra ➥ **It pays to + V**

以上三個例句也可以用此句型來表示：

★ It **pays to read** these books.

★ It **pays to try** the task.

★ It **pays to learn** Spanish.

f **S + go + V-ing....**

go + V-ing 可表示「去做…」。

★ My grandfather **goes** *fishing* every day.

　　我祖父每天去釣魚。

★ My son **goes** *swimming* twice a week.

我兒子每週去游兩次泳。

★ When I have time, I'll **go** *shopping*.

我有時間的時候會去購物。

g S + do + the/ some/ a lot of/ a little + V-ing....

注意 do 和 V-ing 之間一定會出現這些用字。

★ I **do** *the* cooking at home.

我在家做飯。

★ Susan can **do** *some* drawing.

Susan 會畫畫。

★ Mike **does** *a lot of* reading in his childhood.

Mike 童年時讀了很多書。

★ Willy usually helps his mother **do** *a little* cleaning.

Willy 通常幫他媽媽做一些打掃工作。

h Do/ Would + you + mind (+ one's) + V-ing...?

表示「是否介意做什麼事情」或「可否勞駕做什麼事情」。

★ Do you **mind** *my* opening the window?

我打開窗戶你介意嗎？

★ Would you **mind** *my* smoking here?

我在這吸煙你介意嗎？

★ Do you **mind** doing me a favor?

可否勞駕你幫我一個忙？

(1) mind 後面可以跟 if 子句，表示「如果某人…，你介意嗎」。

★ Would you **mind** if I smoke here?
　　如果我在這吸煙你介意嗎？

(2) 有肯定回答和否定回答兩種：

➡Yes, I do mind.　我介意，不要吸。

➡No, of course not.　吸吧，沒關係。

i S + prevent/ keep/ stop/ hinder + O + from + V-ing....

prevent/ keep/ stop/ hinder 這幾個詞後面可以接 **O + from + V-ing** 的形式，為「防止 / 阻止（某人）做什麼事情」。

★ We should **prevent** *burglars* from breaking into our houses.
　　我們應該防止竊賊破門而入。

★ Cold weather **keeps** *everyone* from going out.
　　寒冷的天氣使大家都不外出。

★ I'm trying my best to **stop** *the kid* from crying.
　　我盡力讓小孩不哭。

★ The noise of the traffic **hinders** *me* from studying.
　　外面的車流聲使我不能唸書。

j S + spend + 時間 / 金錢 (+ in) + V-ing....

這個句型的意思是花費「時間 / 金錢」來做什麼事情。

★ Many college students **spend** a lot of *time playing* computer games.
　　很多大學生花很多時間來玩電腦遊戲。

★ Mr. Wang **spent** a big sum of *money buying* a luxurious car.
　　王先生花一大筆錢買了一輛豪華轎車。

★ I **spend** 300 NT **on** a novel.

我花了 3 佰元買了一本小說。

★ Jim **spends** a lot of time **on** his homework.

Jim 花很多時間在功課上。

k There is no + V-ing....

➡ It is impossible to + V....

此句型為「不可能…，沒法…」之意。

★ **There is no** *denying* that John is a good student.

➡ **It is impossible** to *deny* that John is a good student.

不可否認 John 是一個優秀的學生。

★ **There is no** *telling* how this traffic accident happened.

➡ **It is impossible** *to tell* how this traffic accident happened.

沒法得知這個交通事故怎麼發生的。

l S + feel like + V-ing....

意為「想要做什麼事情」。

★ Mary **feels like** having a cup of coffee.

Mary 想喝一杯咖啡。

★ It is cold today, so I **feel like** staying at home.

今天很冷，所以我想待在家。

★ Tim **feels like** taking a shower.

Tim 想淋浴。

以上第一個例句可以改為：

★ Mary <u>would like</u>/ <u>likes</u>/ <u>wants to</u> have a cup of coffee.

m S + be busy + (in) V-ing....

意為「忙於做什麼事情」。

★ Professor Li is **busy** in <u>*working*</u>.

李教授正忙於工作。

★ The little boy is **busy** <u>*playing*</u>.

小男孩正忙著玩。

★ My aunt is **busy** <u>*cooking*</u>.

我的阿姨正忙著做飯。

Extra ➡ **be busy with + N**

★ Ann **is busy with** *preparations for her interview.*
Ann 忙著準備她的面試。

n S + be/ get/ become + used to + V-ing....

意為「習慣於做什麼事情」。

★ John has **been used to** <u>*living*</u> in a small town.

John 已經習慣住在小鎮。

★ Mr. Lin **got used to** <u>managing</u> the new project.

林先生適應了負責新計畫。

★ Tina has **become used to** <u>*getting*</u> up early.

Tina 已經習慣早起。

(1) used to + V

表示「過去常常做什麼事情，但是現在已經不做了」。

★ I **used to** take No. 22 bus.

我過去常常乘坐 22 路公車。

★ When I was a college student, I **used to** go to the movies.

當我還是個大學生的時候，我常常去看電影。

(2) be accustomed to 和 be used to 的意思相同：

★ I've **been accustomed to** cooperating with my foreign partner.

我已經習慣了跟我的外國夥伴合作。

★ My father has **been accustomed to** getting up early to take a walk.

我父親已經習慣早起去散步。

o When it comes to + V-ing..., S + V....

意思為「涉及，談到」。

★ **When it comes to** *traveling*, I've ever been to a lot of places of interest.

談到旅遊，我曾經去過很多景點。

★ **When it comes to** *playing* the piano, I know nothing.

談到彈鋼琴，我一無所知。

★ **When it comes to** *studying* English, having practice is very important.

談到學英語，練習是很重要的。

p 以介系詞結尾的片語

★ We are **looking forward to** *seeing* the latest movie of Harry Potter.

我們引頸期盼最新的 Harry Potter 電影。

★ I go abroad to study **with a view to** *broadening* my horizon.

我出國學習為了開闊我的眼界。

★ The old professor **devoted** his whole life **to** *teaching* students.

老教授為了教學生奉獻了一生。

★ The local **is opposed to** *building* a power station nearby.

當地居民反對在附近蓋一座發電廠。

★ **Thanks to** *helping* from my classmates, I didn't lag behind in study.

多虧了同學的幫助，我在學習上才沒有落後。

★ Jerry **takes to** *riding* bicycle to work.

Jerry 有了騎腳踏車上班的習慣。

★ **Owing to** *studying* hard, Jim finally passed the entrance exam.

由於努力讀書，Jim 最後通過入學測驗。

★ **With regard to** *buying* a new house, my parents think that they need more time to carefully discuss it.

關於買間新房子，我的父母認為他們需要多一點時間得仔細考慮。

★ We should **pay attention to** *preventing* the global food shortage.

我們應該注意避免糧食短缺情況。

★ **In addition to** *drawing*, I also like playing the violin.

除了畫畫之外，我還喜歡拉小提琴。

 Extra | 類似情況的片語

be accustomed to/ when it comes to/ with a view to/ with an eye to/ devote to/ object to/ be opposed to/ adapt to/ thanks to/ take to/ owing to/ with regard to/ look forward to/ pay attention to/ in addition to

9 分詞

9-1 分詞作形容詞

a ...V-ing + N....

現在分詞作形容詞有「主動、進行」的含意。

(1) 現在分詞在名詞前面修飾名詞，表達「修飾的名詞所作的動作」。從邏輯上看，似乎是一種主詞和動詞的關係。

(2) 名詞前的現在分詞多為「不及物動詞」構成的現在分詞。

(3) 表示「情感、心理狀態」的及物動詞的現在分詞也可以作名詞的修飾語。

★ Don't you see the **setting** sun (the sun which is setting) in the west?

你看見西邊的落日了嗎？

★ Please keep quiet and don't disturb the **sleeping** baby.

請保持安靜，不要打擾這個睡著的孩子。

★ My mother told me an **amusing** story yesterday.

我母親昨天給我講了一個有趣的故事。

★ I heard some very **exciting** news this morning.

我今天早上聽到了一些振奮人心的消息。

b ...V-ed + N....

過去分詞作形容詞有「被動、已完成」的含意。

(1) 表示「情緒」的過去分詞作修飾語時，被修飾的名詞是過去分詞所表示的「行為的承受者」。而修飾語與被修飾的名詞之間有一種行為與客體的關係。

(2) 作名詞修飾語的過去分詞一般來自及物動詞。

★ His **puzzled** expression suggested that he didn't understand the teacher's explanation.

他迷惑不解的表情表示他沒有理解老師的解釋。

★ The U.S.A. is a **developed** country, while India is a *developing country*.

美國是一個已發展國家，而印度是一個發展中國家。

★ Where are the **reserved** rooms?

預定的房間在哪裡？

★ The child sat with a look of **fixed** attention on his face.

這個孩子坐在那裡，臉上露出專注的神態。

c　S（物）+ Be + V-ing + to + O (人)
　S（人）+ Be + V-ed + prep + O（物）

現在分詞和過去分詞都可以用在 be、grow、feel 這類動詞後作補語。在 V-ing 作補語時，往往表示主詞所具有的「特徵」（如 interesting、exciting 等），對主詞加以描述。而 V-ed 作補語時，表示主詞所處的「狀態」（如 interested、excited 等）。由於它們修飾解釋主詞，可以稱作「主詞補語」。

★ **The music** is **pleasing** to the ear.

音樂聽起來很悅耳。

★ **It**'s **astonishing** to me that Anna should be absent.

我很驚訝，安娜竟然缺席。

★ **I** was not **satisfied** with the result.

我對那個結果感到不滿意。

★ **We** were very **excited** at the news.

聽到這個消息，我們非常激動。

9-2 分詞片語

...N(P) + V-ing/ V-ed.... 《限定用法的關係子句簡化而來》

現在分詞或過去分詞片語出現在名詞後面修飾名詞，也可以用形容詞子句代替。

★ I have a friend **living** (= who lives) in Paris.

我有一個朋友住在巴黎。

★ The company sent me a brochure **containing** (= which contained) all the information I needed.

公司寄給我一個小冊子，包含了我所需要的所有資料。

★ What is the language **spoken** (= which is spoken) in New Zealand?

紐西蘭人說什麼語言？

★ Children **disciplined** (= who are disciplined) when they are young will become good citizens.

小時候受過訓練的孩子會成為好公民。

😊 小叮嚀

只有主詞為名詞時，分詞才可放在它後面，如果是代名詞，就不能放在這個位置。

★ **Paul**, hearing her voice, stood up. (O)

★ **He**, hearing her voice, stood up. (X)

9-3 分詞構句

a **S + V₁...., V₂-ing/ V₂-ed....** 《對等子句簡化而來》

分詞表示的動作（V₂）是主詞動作（V₁）的一部分，這兩個動作或狀態幾乎同時發生的，用以表示「附帶條件或狀況」。

★ Jane was sitting in an armchair, **reading** a book.

Jane 坐在一張扶手椅上看書。

★ The old lady sat down, **listening** to their talk.

老太太坐了下來，聽他們談話。

★ My parents went home, **exhausted**.

我的父母筋疲力盡地回到家裡。

★ The officer hurried to the hall, **followed** by three guards.

這位軍官快步走向大廳，身後跟著三個衛兵。

b ...N(P), V-ing/ V-ed.... 《非限定用法的關係子句簡化而來》

表示「伴隨狀態」。

★ The banana tree, **swaying** gently in the breeze, had a good crop of fruit.

=（**which was** swaying）

香蕉樹結滿了果實，在微風中輕輕搖擺。

★ Brian, **gasping** and **excited**, arrived home.

=（**who was** gasping and excited）

Brian 回到家裡，喘息著，非常激動。

★ Irene, **kneeling** and **shutting** her eyes, prayed to God.

=（**who was** kneeling and shutting）

Irene 跪下來閉上雙眼，向上帝禱告。

c V_1-ing/ V_1-ed..., S + V_2....

Not V_1-ing..., S + V_2....

Having + V_1-ed..., S + V_2.... 《副詞子句簡化而來 I》

(1) 這個句型中「現在分詞片語」的結構，相當於一個「副詞子句」的用法。

(2) 現在分詞片語的「邏輯主詞」和句子的「主詞」一致。

(3) 現在分詞的完成式表示「動作已發生」。

★ **Hearing** the news, the girls all jumped for joy

➙ When the girls **heard** the news, they all jumped for joy.

聽了這則消息，女孩們高興地跳了起來。

★ **Being** so ill, Susan can't go back to work.

➙ As Susan **is** so ill, she can't go back to work.

因為病得厲害，Susan 無法上班。

★ Seriously **injured**, Allen was rushed to the hospital.

➙ As Allen was seriously **injured**, he was rushed to the hospital.

由於受了重傷，Allen 被緊急送往醫院。

★ **Not wanting** to share it with Carl, Tony ate the cake up.

➙ Tony ate the cake up because he **didn't want** to share it with Carl.

Tony 吃了這塊蛋糕是因為他不想與 Carl 分享。

★ **Not having** a car, Mr. Smith finds it difficult to get around.

➙ As Mr. Smith **doesn't have** a car, he finds it difficult to get around.

由於沒有汽車，Smith 先生感到行動很困難。

★ **Having been** ill for a long time, Marilyn needed time to recover.

➙ As Marilyn **had been** ill for a long time, she needed time to recover.

由於病了很長時間，Marilyn 需要一段恢復的時間。

★ **Having found** a hotel, Jason and I went to have dinner.

➙ After Jason and I **had found** a hotel, we went to have dinner.

在找好旅館之後，Jason 和我就去吃飯。

d (Being +) V₁-ed..., S + V₂....

這個句型中過去分詞片語的結構也是相當於副詞子句的用法。如果在副詞子句中動詞就是被動語態。

★ **Being unemployed**, my father hasn't got much money.

➙ As my father **is unemployed**, he hasn't got much money.

由於沒有工作，我父親沒有多少錢。

★ **Seen** from the tower, the foot of the mountain is a sea of trees.

⮕ When the foot of the mountain **is seen** from the tower, it is a sea of trees.

從塔上望去，山腳下是樹海。

★ **Frustrated**, Elizabeth went back to her hometown.

⮕ As Elizabeth **was frustrated**, she went back to her hometown.

Elizabeth 很失望，於是回到家鄉。

e (Having been +) V₁-ed..., S + V₂....　《副詞子句簡化而來 II》

這個句型中過去分詞片語的結構也是相當於副詞子句的用法。如果在副詞子句中動詞就會是現在或過去完成式的被動態。

★ **Having been finished** in haste, the report was full of mistakes.

⮕ As the report **had been finished** in haste, it was full of mistakes.

由於完成得很倉促，報告中滿是錯誤。

★ **Not having been given** directions, Oliver didn't know where to go.

⮕ As Oliver had **not been given** directions, he didn't know where to go.

Oliver 未被告方向，不知往哪裡走。

★ **Having been sent** to the wrong address, the letter did not reach me.

⮕ As the letter **had been sent** to the wrong address, it did not reach me.

那封信投錯了地方，我沒收到。

★ **Having been asked** to stay, I couldn't very well leave.

⮕ After I **had been asked** to stay, I couldn't very well leave.

人家請我留下，我就不好離開了。

f Conj. + V₁-ing/ V₁-ed..., S + V₂....　《副詞子句簡化而來 III》

分詞有時和連接詞連用，表示「強調或需要」，常用的連詞有：when/ while/ after/ before/ if/ though/ whether...or.../ unless/ as if 等，其功能相當於「副詞子句」。

★ **If** (you are) **traveling** north, you must transfer at Washington Square.

如果你是向北行，你必須在華盛頓廣場換車。

★ **If** (you are) **accepted** for this post, you will be informed by Oct 1st.

  如果接受你擔任這個職務，將於十月一日以前通知你。

★ **While** (I am) **walking** my dog this morning, I witnessed the accident.

  今天早晨溜狗的時候，我目擊了這起意外。

☺ 小叮嚀

如果這些連詞後的分詞是 being 或含有 being，則 being 常常省略。

★ **When** (being) **alone**, Judy will think of the past.

  單獨一個人時，Judy 會想起過去。

★ **As if** (being) **frightened**, the horse began to run like mad.

  好像受了驚似的，那匹馬開始狂奔。

9-4 獨立分詞構句

a S₁ + V₁..., S₂+ V₂-ing/ V₂-ed 《對等子句簡化而來》

分詞片語邏輯上的主詞和主要子句主詞不同時，分詞的主詞是必須保留的。

★ Bats are long-lived creatures, some **having** a life expectancy of 20 years.

  蝙蝠是長壽動物，有時可望活 20 年。(=..., and some have a....)

★ The boy was lying on the grass, his hands **crossed** under his head.

  男孩躺在草地上，頭枕著雙手。(=..., and his hands were crossed...)

★ The group explored the caves, Antonio **acting** as guide.

  由 Antonio 作嚮導，這個小組探察了那些洞穴。(=..., and Antonio acted as...)

b S₁ + V₁-ing/ V₁-ed..., S₂ + V₂ 《從屬子句簡化而來》

這也是分詞子句邏輯上的主詞和主要子句主詞不同時使用的句型。

★ **Weather permitting**, the students in our class will go on a picnic tomorrow.

  (=If weather permits,......)

  天氣好的話，我們班的同學明天要去野餐。

★ **Time permitting**, we will spend one more week in Paris.

(=If time permits....)

時間允許的話，我們會在巴黎多待一星期。

★ **The weather being stormy**, we stayed at home.

(=As the weather was stormy,...)

暴風雨即將來臨，我們留在家裡。

★ **The table set**, the Greens began to have dinner.

(=When the table was set,......)

桌子擺好後，格林一家開始用餐。

😊 **Extra**　**S$_1$ + having V$_1$-ed..., S$_2$+ V$_2$**《從屬子句簡化而來》

在獨立結構中，還可以是分詞的完成式或分詞的完成被動式，表示先完成的主動意義或先完成的被動意義。

★ The sun **having set**, we started the campfire.

(= After the sun had set,......)

太陽下山了，我們燃起了營火。

★ The earthquake **having destroyed** everything, they became homeless.

(= Because the earthquake had destroyed everything,......)

地震毀了一切，他們無家可歸。

★ So much time **having been spent**, the work is only half done.

(Though so much time has been spent,......)

雖然花了這麼長時間，工作才做了一半。

😊 **Extra**　**There being + S$_1$, S$_2$ + V$_2$**《從屬子句簡化而來》

這種結構多放在句首，也可以放在句尾，表示「原因」，其中的 being 不可省略。

★ **There being** nothing to do, the students played games.

(Because there was nothing to do,......)

沒有事情可做，學生們玩起了遊戲。

★ **There being** a lot of books to read, Professor Smith often studied till midnight.

由於有很多書要讀，Smith 教授經常研讀到深夜。

★ The shopkeeper closed the store, **there being** no customers.

(......, because there were no customers.)

因為沒有顧客，店主關了關了店門。

★ We left the meeting, **there** obviously **being** no point in staying.

會議沒結束我們就離開了，因為繼續留下來顯然毫無意義。

9-5 分詞的其他用法

a There + be + S + V-ing/ V-ed....

分詞片語在名詞之後修飾名詞，相當於一個形容詞子句。

★ There is a book shelf **standing** against the wall.

靠牆有一個書架。

★ There are hundreds of demonstrators **protesting** on the street.

街上有成百上千的示威者在抗議。

★ There is a car **parked** (= which is parked) outside the house.

房子外面停著一輛汽車。

b S₁ + V₁...(,) with/ without + O + OC (V₂-ing/ V₂-ed)

(1)「with/ without + 邏輯主詞 + 現在分詞」，表示主動意義（正在進行或發生）。

(2)「with/ without + 邏輯主詞 + 過去分詞」，表示被動意義（已經完成）。

★ Linda soon fell asleep **with** *the light* still **burning**.

燈還亮著，琳達就睡著了。

★ After hearing the shocking news, he sat there **with** *his mouth* **opening**.

聽到這驚人的消息，他張著口坐在那裡。

★ George left home, **without** *a single word* **said**.

喬治離開家，一句話沒說。

★ Mark left the room angrily, **without** *a word* more **spoken**.

馬克沒再說一句話氣憤地離開了房間。

★ Grandma told me the whole story **with eyes red**.

奶奶眼眶泛紅，告訴了我所有的情況。

★ **With Jerry away**, we've got more room.

Jerry 走了，我們有了更大的空間。

★ **With a book in hand**, the professor walked into the classroom.

老師手裡拿著一本書走進了教室。

c   S + V..., including + N (P)
S + V..., N (P) included

★ Take all of us, <u>**including**</u> me.

把我們全體，包括我都算在內。

★ Nigeria possessed rich mineral deposits, <u>**including**</u> gold.

奈及利亞擁有豐富的礦藏，包括黃金。

★ Take all of us, me <u>**included**</u>.

把我們全體，包括我都算在內。

★ All of us, <u>myself **included**</u>, had been totally committed to the cause.

我們大家包括我本人在內，一直為這個主張而努力奉獻。

★ The publishing house will send you the book for $10, <u>postage **included**</u>.

花 10 美元出版社就會將書寄給你，包括郵費。

9-6 分詞的慣用語

Generally/ Strictly/ Frankly/ Roughly/ Broadly speaking,.....

★ **Generally** / **Strictly** / **Frankly** / **Roughly** / **Broadly** speaking, the living expenditure is changing with the consumption level.

一般／嚴格／坦白／粗略／廣泛而言，生活開支隨著消費水準變化。

★ **Generally**/ **Frankly** speaking, we don't like the ending of this new movie.

一般／坦白說，我們不喜歡這部電影的結局。

 Extra   其他類似的慣用語：

Speaking of + N(P)

★ **Speaking of** money, I haven't paid my credit card bills yet.
談到錢，我還沒付信用卡帳單呢。

Talking of + N(P)

★ **Talking of** Stacey, she went to Italy on her honeymoon.
談到 Stacey，她去義大利度蜜月。

Judging from + N(P)

★ **Judging from** her accent, Linda must be from London.
從她的口音判斷，Linda 一定是倫敦人。

9-7 作介詞用的分詞

concerning/ considering/ regarding/ respecting... + N(P)

這幾個字雖然字尾有 -ing，但都是介系詞的詞性，字義是「關於或考慮到…」。

★ The minister asked several questions **concerning** the future of the university.

部長問了幾個有關這所大學前途的問題。

★ **Considering** the strength of the opposition, we did very well to score two goals.

考慮到對方的實力，我們能進兩個球就很不錯了。

★ I must speak to you **regarding** this matter.

關於這件事，我必須和你談談。

★ The latest coverage of *The Dark Knignt* suggests some tragic stories **respecting** the curse and superstition.

最新關於《黑暗騎士》的報導中提到有關詛咒和迷信的悲劇故事。

 Extra 其他類似的用法：**Supposing + (that) clause**

★ **Supposing** (that) you had one billion US dollars, What would you do?

假如你有十億美元，你會做什麼？

助動詞

10-1 be 動詞

a S + be + V-ing.... 進行式或未來式

be 動詞與現在分詞構成各種進行時態。

(1) 由「am/ is/ are + 現在分詞」構成現在進行式。

(2) 由「was/ were + 現在分詞」構成過去進行式。

(3) 由「am/ is/ are + 現在分詞」構成一般未來式。

★ My classmates **are playing** basketball now.

　我的同學們在打籃球。

★ It**'s raining** off and on.

　雨斷斷續續的下著。

★ **Is** college education **preparing** students for future?

　大學教育是在為大學生的未來做著準備嗎？

★ The tour guide **is showing** a group of foreigners around the city.

　導遊在帶一團外國人遊覽市區。

★ My brother **was doing** his homework yesterday afternoon.

　昨天下午我弟弟在做作業。

★ **Are** you **doing** anything special tomorrow, George ?

　明天你有什麼特別的事情要做嗎？

b　S + be + V-en....　被動式

(1) 被動式表示主詞是動詞的承受者。由 be 的不同形式 + 過去分詞構成。

(2) 其否定式由 be not + 過去分詞構成。

★ Books in the library **are put** into different categories.
　圖書館的書被分為不同的類別。

★ The Olympics **are held** every four years in a different city in the world.
　奧運會每隔四年在一個不同的城市舉辦一次。

★ Left-handed children **were forced** to become right-handed in the past.
　在過去，人們強迫慣用左手的小孩使用右手。

★ These candlesticks **were not made** in France.
　這些燭臺不是法國製造的。

c　S + be + to V....　表示「預定、應該」

(1) 表示計畫或安排，相當於 be going to。

(2) 表示應該，相當於 should, ought to, must, have to。

★ A new house **is to be** built here.
　這裡要建一所新房子。

★ We **are to go** through difficult times together for the rest of our lives.
　我們打算在今後的生活中共同面對困難。

★ With its biological clock, a crab can sense when the tide **is to change**.
　依靠其自身的生物鐘，蟹能察覺什麼時候潮水將發生變化。

★ Time **is to be** saved and spent wisely. It **is not to be** wasted or lost.
　應該節省時間，明智地利用時間，而不應該浪費時間。

★ Humans **are to blame** for the pollution of the Earth's environment.
　對於地球環境的汙染，人類應該受到指責。

10-2 have 形成完成式

S + have/ has/ had + V-en....

(1) S + have/ has + V-en.... 構成現在完成式時態。

(2) S + had + V-en.... 構成過去完成式時態。

★ We**'ve** already **seen** the movie.

我們已經看過這部電影了。

★ Skateboards **have been** around since the 1970s, but they **have** recently **become** popular again.

滑板從 1970 年代就有了，最近又重新流行起來。

★ The advanced computer technology **has changed** the world.

先進的電腦技術改變了世界。

★ By the end of last year, 2/ 3 of the construction **had been finished**.

到去年年底的時候，工程已經完成了 2/ 3。

★ The train **had left** just a few minutes before they got to the station.

他們達到火車站前幾分鐘火車開走了。

10-3 do/ does/ did

a **Do/ Does/ Did + S + V...?** 形成疑問句

(1) **Do/ Does + S + V...?** 構成一般現在時的疑問式。

(2) **Did + S + V...?** 構成一般過去時的疑問式。

★ **Do** you always **get up** so late?

你總是這麼晚起床嗎？

★ **Do** you **enjoy** music?

你喜歡音樂嗎？

★ **Does** Mary **like** cooking?

Mary 喜歡烹飪嗎？

★ **Does** that **mean** driving in a car is much riskier than mining?

這是不是意味著開車比採礦更危險呢？

★ **Did** you **have** a good trip?

你旅途愉快嗎？

★ **Did** you **eat** escargots while you were in France？

你在法國時吃烤蝸牛嗎？

b S + do/ does/ did + not + V....　形成否定句

(1) **S + do/ does + not + V....** 構成一般現在時的否定式。

(2) **S + did + not + V....** 構成一般過去時的否定式。

★ My parents sometimes **don't** see eye to eye with me.

我父母有時和我的意見不一致。

★ A person with a sense of humor **doesn't** make scenes in the public.

有幽默感的人不會當眾大吵大鬧。

★ John **didn't** keep up with the class.

John 跟不上班上的進度。

c S + do/ does/ did + V....　用來加強語氣

(1) 主詞為第一人稱，第二人稱，第三人稱複數時，S + do + V 用於現在式的強調。

(2) 主詞為第三人稱單數時，S + does + V 用於現在式的強調。

(3) S + did + V.... 用於一般過去式的強調。

★ I **do** like films starring Tom Cruise.

我真的喜歡 Tom Cruise 主演的電影。

★ Some children **do** develop reading problems.

一些孩子確實有閱讀能力的問題。

★ George **does** pay his phone bill regularly.

George 確實定期交電話費。

★ I **did** put in a lot of thought about decorating my room.

我確實在裝修房間上動腦筋了。

★ We **did** warn you that there was a bull in the fields.

我們真的警告你了田裡頭有頭牛。

10-4 shall/ should

a Shall we + V...? ➡ Let's + V..., shall we? 「用來徵求意見」

表示「詢問、徵求」對方意見。其肯定回答為：Yes, let's./ All right.

否定回答為：No, let's not.

★ **Shall** we go skiing this winter?

➡ **Let's** go skiing this winter, **shall** we?

我們今年冬天一起去滑雪，好嗎？

★ **Shall** we discard some of the old newspapers?

➡ **Let's** discard some of the old newspapers, **shall** we?

咱們把舊報紙扔掉好嗎？

b S + should + V.... 表示「義務、責任」

意為「應該」。表示「勸告、建議、應該做」。

★ Modern youth **should** be concerned with important issues of the world.

當代青年人應該關心世界大事。

★ Companies **should** do what is right, not just what is profitable.

公司應該做正確的事，而不是只做可以盈利的事。

★ The government **should** do something about the country's economy.

政府應該為這個國家的經濟做點事情。

c **S + should + have + V-en....** 表示「過去應該做而未做」

(1) **S + should + have + V-en....** 表示過去應該做而未做，有「責備、批評」之意。

(2) **S + should not + have + V-en....** 表示過去不應該做但卻做了。

★ I **should** have been to Europe last week.

我上星期本該去歐洲的。

★ Susan **should** have prepared her finals those days, but she didn't.

那些日子，Susan 本應該準備期末考試的，但她沒有。

★ You **shouldn't** have stayed up so late last night.

昨天晚上你本不應該熬夜到那麼晚。

★ That young man **shouldn't** have indulged in illusions.

那位年輕人本不應該沉迷於幻想裡。

d **If + S + should + V..., S + V....** 表示「萬一」

(1) 屬於假設語氣的一種，表示「萬一」。

(2) **在英式英語中，**此句型可以用倒裝結構，省略 if，將 should 與主詞倒裝。含有助動詞 had、were 的條件句亦可以如此使用。口語並不常用此倒裝結構。

★ **If she should** go there, I would tell you immediately.

➔ **Should she** go there, I would tell you immediately.

她要是去，我馬上告訴你。

★ **If you should** see Jane, please be sure to give her my best regards.

➔ **Should you** see Jane, please be sure to give her my best regards.

你一旦見到 Jane，請一定代我問候她。

10-5　will/ would

a　S + will/ won't + V....　表示「將、打算」

(1) 表示將要發生的動作或存在的狀態。

(2) 表示將來反覆發生的動作或習慣性動作。

(3) 否定式表示將不會發生的事情。

★ Edward **will be** in Australia next month.

　Edward 下個月將要去澳大利亞。

★ The Browns **will spend** their holidays in Switzerland this year.

　Browns 一家今年將要去瑞士度假。

★ The World Games **will be held** in Kaohsiung in 2009.

　世界運動會將於 2009 年在高雄舉辦。

★ Some workers **will work** five days a week from next month.

　從下個月開始，一些工人將每週工作五天。

★ I **will turn on** the light when it is dark.

　天一黑我就開燈。

★ There **won't be** a meeting this afternoon.

　今天下午不開會。

b　Will + S + V...?　表示「請求、拜託」

★ **Will** you **give** me a piece of paper?

　請給我一張紙好嗎？

★ **Will** you **pass** me the dictionary?

　請你把字典遞給我好嗎？

★ **Will** you **please** take care of my mother while I am out?

　我出門的時候請您照顧一下我的母親好嗎？

c **S + would (not) + V....** 表示「**will** 的過去式」

用在過去時間的語境中，表示「預見，意願」，過去的習慣性動作等。

★ Joseph observed that it **would** probably **rain**.

Joseph 說很可能要下雨。

★ When he was a child, he **would sit** at the door of the kindergarten waiting for his mother in the afternoon.

小的時候，他會在下午坐在幼稚園門口等媽媽。

★ I asked him to stay, but he **wouldn't listen** to me.

我讓他留下來，但他不聽我的話。

★ I wanted to go with him, but he **wouldn't agree**.

我想跟他一起去，但他不會同意的。

d **Would + S + V...?** 表示「客氣的請求」

表示客氣的請求，較之 Will + S + V...? 更客氣，更婉轉。

★ **Would** you **have** a cup of coffee?

你要喝杯咖啡嗎？

★ **Would** you **please** show me around the campus?

帶我參觀一下校園好嗎？

★ **Would** you **mind** opening the window?

請你打開窗戶好嗎？

e **S + would + have + V-en....** 表示原本會…但未發生

表示與過去事實相反的假設情況。

★ I **would have taken** a taxi, but there was not even one around.

我本想乘計程車，但周圍一輛車也沒有。

★ I **would have played** badminton, but I couldn't find my rackets.

我本想打羽毛球的，但我沒找到球拍。

★ If I **would have been** in a good mood, I would have told them the answer.

如果當時我的心情好的話，我是會告訴他們答案的

f **would** 的慣用語

① **S + would like + to + V....**

➜ **S + feel like + V-ing....**　表示想要

★ I **would like to see** films in English without Chinese subtitles.

➜ I **feel like seeing** films in English without Chinese subtitles.

我想看沒有中文字幕的英文電影。

★ I**'d like to borrow** some books from the library.

➜ I **feel like borrowing** some books from the library.

我想從圖書館借幾本書。

★ My brother **wouldn't like to go** to the cinema.

➜ My brother **doesn't feel like going** to the cinema.

我弟弟不想去看電影。

② **S + would rather (not) + V....**　寧願 / 寧願不…

➜ **S + would + prefer to + V....**

S + would rather + V₁ + than + V₂....　寧可…也不

表示一種「主觀願望或選擇」。

★ How about going to the movies? I**'d rather** _stay_ at home.

要不要去看電影？我寧願待在家。

★ You can make up your mind, but I**'d prefer** _to go_ out with John.

你可以自己作決定，但是我要跟 John 出去。

★ Edward **would rather** _starve_ **than** _cook_ the meal by himself.

Edward 寧願挨餓也不願意自己做飯。

Extra **prefer** 的用法

S + prefer + to V/ V-ing

S + prefer + (V₁-ing/ N₁) + to + (V₂-ing/ N₂)

★ Mr. Chen doesn't like countries. He **prefers** to live/ living in the city.

陳先生不喜歡鄉下。他比較喜歡住在城市。

★ My mother **prefers** *walking* **to** *driving*.

步行與駕車相比，我母親更喜歡步行。

★ Peter **prefers** curry **to** chili.

Peter 喜歡咖哩更勝辣椒。

Extra **rather than**

★ They would insist **rather than** give up.

他們寧願堅持，不願放棄。

★ Elizabeth would keep silent **rather than** make it known to the public.

Elizabeth 寧願保持沉默而不願意將之公之於眾。

★ I prefer to read novels at home **rather than** go to the party.

我寧願在家看小說也不願意去參加晚會。

10-6 **can/ could**

a S + can(not) + V.... ● S + be (not) able to + V.... 表示「能力」

(1) 二者都可以表示「現在」的能力。

(2) can 用於「人或物」為主詞的句子；be able to 的主詞只能是「有生命」的名詞。

(3) 在一般現在式中，can not 表示常態，be not able to 表示暫時的、一次性的狀態。

★ An air-conditioner **can** make you feel cool.

空調能使你感到涼快。

★ I think I **can/ am able to** solve the problem.

我認為我能解決這個問題。

★ We **can** get a lot out of helping people in need.

我們可以從幫助需要的人之中得到好處。

★ Some people **can't** tell a joke to save their lives.

即使講笑話能救命，一些人也講不出來。

★ My father **can't** play basketball.

我父親不會打籃球。

★ My father **is not able to** play basketball today.

我父親今天不能打籃球。

😊 **Extra**　　**can** v.s. **be able to**

(1) 以 can 構成的主動語態可以改為被動語態，而 be able to 不行

　　★ The child **can** do it alone.

　　　這個孩子可以獨立完成這項任務。

　　　It **can be done** by the child himself.

　　　（可以改為被動語態）

　　★ The child **is able to** do it alone.

　　　（不能改為被動語態）

(2) can/ could 可以表示「許可、允許」，但 be able to 沒有這個意思。

　　★ You **can** park here.

　　　你可以在這停車。

　　　（be able to 不可以替換 can）

(3) be able to 可以表示「將來具有某種能力」，用 will be able to; 而 can 沒有將來時態。

　　★ We**'ll be able to** travel to the States next year.

　　　我們明年就可以去美國旅行了。

(4) be able to 的過去式 was/ were able to 相當於 manage to do/ succeed in doing; can 的過去式 could 沒有這個意思。

　　★ I **was able to** read a French novel without a dictionary.

　　　我沒用字典就能看法文小說了。

但其否定式 was/ were not able to 則可以與 could not 交換使用。

★ I **couldn't**/ **was not able to** get a driving license last year.
我去年沒能拿到駕駛執照。

b Can + S + be/ V...? 表示「強烈懷疑」

(1) 用於疑問句和否定句，表示懷疑，猜測或驚奇。

(2) 表示對可能性的質疑時，可以用 Can/ Could/ Might...? 不能用 may。

★ **Can** that **be** true? That cannot be true.
那怎麼會是真的呢？那絕對不是真的。

★ **Can** the escaped criminal **be** still in this city?
逃犯依然在這座城市裡嗎？

c S + can/ could + be.... 表示「可能」

can/ could 表示「可能」時，could 比 can 在語氣上更婉轉，更猶豫。

★ Some studies show that left-handed people **can**/ **could** *be* good at sports.
有些研究顯示左撇子可能擅長一些體育項目。

★ Taipei **can**/ **could** *be* a little humid at this time of the year.
每年的這個時候台北可能有些悶熱潮濕。

★ Moviegoers **can**/ **could** *pay* almost 100 NT dollars for one huge helping of popcorn at some movie theaters.
在一些電影院看電影的人買一份大爆米花可能要花幾乎 100 元。

d S + cannot/ couldn't + be/ have V-en.... 表示「否定推測」

(1) S + cannot/ could not + have V-en.... 表示對過去事實的否定推測。

(2) S + cannot + be 表示對現在動作的否定推測。亦可用 S + could not + be 表示。
兩者沒有時態區別，只是表示「可能性」的大小不同，can 表示推測的可能性比 could 要大。

★ That **can't/ couldn't** *be* true.

那件事絕對不是真的。

★ That young man **cannot/ couldn't** *be* the new headmaster.

那個年輕人不可能是新校長。

★ He **can't/ couldn't** *have gone* shopping yesterday afternoon for he had no money at that time.

他昨天下午不可能去購物了，因為那時他沒錢。

e Could + S + V...？　表示「客氣請求」

★ **Could** you **explain** the meaning of "exaggeration" to me?

您能為我解釋一下 "exaggeration" 是什麼意思嗎？

★ **Could** you **pass** me a bottle of mineral water?

您能遞給我一瓶礦泉水嗎？

★ **Could** you **tell** me how to get to the library?

您能告訴我去圖書館要怎麼走嗎？

☺ Extra　can/ could 及 may/ might

(1) can，could；may，might 均可以表示請求。can，could；may，might 不存在時態上的差別，只是 could 比 can，might 比 may 語氣上更客氣，更婉轉，更遲疑。

(2) 表示請求時，may，might 比 can，could 更正式。

f S + could + have + V-en....　表示「原本能 / 可能…但未發生」

表示與過去事實相反，由於某種原因未能完成的動作發揮的能力。

★ Linda **could have caught** that plane.

Linda 原本是能趕上那架航班的。

★ Actually they **could have done** it otherwise.

  事實上，他們原本可以換一種做法。

★ Our football team **could have won** the match.

  我們球隊原本是可以贏得這場比賽的。

g **can** 的慣用語

①表示「不得不」

S + cannot but + V.... ➨ S + cannot help + V-ing....

(1) S + cannot but + V.... 表示「不能不，只能」、「不由得不」。亦可用

  S + cannot help but.... 或 S + cannot choose but + V.... 表達。

(2) S + cannot help + V-ing.... 表示「禁不住」，「不由得不」。

★ I **cannot but** attend the lecture as required.

  我不得不按要求去聽講座。

★ Jamie **cannot but** wait there.

  Jamie 不得不等在那裡。

★ My sister **couldn't help but** go with my parents.

  我妹妹不由得不與我父母一起去。

★ Some audience **cannot / couldn't help** singing and dancing with the performers in the concert.

  在演唱會上，一些觀眾禁不住和表演者一起唱一起跳起來。

★ The girl **cannot/ couldn't help** crying on the scene of the accident.

  在事故現場，小女孩禁不住哭了起來。

②表示「非常」

S + be/ V + as + Adj/ Adv + as + can be.

★ The weather **is as** fine **as** can be today.

  今天的天氣非常好。

★ The young actress **is as** beautiful **as** can be.

這位年輕女演員極其漂亮。

★ The rabbit **was** running **as** fast **as** could be.

這只小兔子跑得非常快。

★ Yesterday we **got up as** early **as** could be.

昨天我們起床非常早。

③ 表示「盡可能」

S + be/ V + as + Adj/ Adv + as + one can.

➔ **S + be/ V + as + Adj/ Adv + as possible.**

此句型也屬比較級中同級比較的一種。

★ The chairman spoke **as clearly as** he **could** at the meeting.

會議主持人在會上儘量把事情講清楚。

★ You'd better get out of my sight **as soon as possible**.

你最好儘快從我的眼前消失。

★ My aunt was **as kind as** she could to the orphan.

我姑姑盡力善待那個孤兒。

★ Louis is **as hardworking as possible** in order to obtain a scholarship.

Louis 為了拿到獎學金，盡其可能勤奮學習。

10-7　may/ might

a 表示「許可、推測、目的」

S + may/ might + V....

(1) 表示對現在動作及一般情況的推測。may 和 might 沒有時態區別，只是表示可能性的大小。May 表示的可能性比 might 大。

(2) 用於 so that, in order that 引導的目的副詞子句中。

★ You **may use** my umbrella.

你可以用我的雨傘。

★ Stress **may result** in health problems, such as headache, stomach upset, heart disease, high blood pressure, etc.

緊張可能導致諸如頭痛，腸胃不適，心臟病，高血壓等健康問題。

★ It's true that outsiders **may not** always **share** the humor of a certain culture.

確實局外人可能不總是能分享某種文化中的幽默。

★ The bottle in his schoolbag **may/ might be** empty.

他書包裏的瓶子可能是空的。

★ Laura sent an E-mail yesterday morning in order that the director **may get** to know the agenda earlier.

Laura 昨天早上發送了一封電子郵件以便主任能早點瞭解日程安排。

★ I plan to visit London in 2012 so that I **might watch** the Olympic Games.

我計畫 2012 年去倫敦以便能觀看奧運會。

★ Turn the radio down so that I **might think** straight.

把收音機聲音開小點兒，以便我能考慮清楚些。

b 表示「或許已經…」

S + may + have + V-en....

表示對過去事實的推測。

★ George **may/ might have been** to Europe before.

George 可能以前去過歐洲。

★ Willa **may/ might have graduated** when she was of my age.

Willa 像我這麼大的時候可能已經畢業了。

★ Your father **may/ might have brought** his umbrella.

你父親可能帶著雨傘呢！

★ Judy **may/ might have finished** her paper yesterday.

Judy 可能昨天已經完成論文了。

c 表示「祈願」

May + S + V!

★ **May** God **be** with you!

願上帝與你同在！

★ **May** you **have** a pleasant trip!

祝你旅途愉快！

★ **May** peace **return** to this country!

願和平重回這個國家！

d 表示「客氣請求」

May/ Might + S + V...?

在疑問中徵詢對方的許可。might 口氣比 may 更婉轉些。may 的否定形式有兩種 may not 和 must not。may not 語氣較客氣；must not 語氣較強，有命令、強制的意味；may not 還可以表示「可能不」。

★ **May/ Might** I **go** with you? ––– Yes, you **may**./ No, you **mustn't**.

我可以跟你一起去嗎？––– 行，可以。/ 不，不行。

★ **May/ Might** I **use** your phone?

我能用一下您的電話嗎？

★ **May/ Might** I **have** a look at your photos?

我可以看看你的照片嗎？

e 表示「原本可能…但未發生」

S + might + have + V-en....

表示在過去沒有實現的動作，含有「勸告」、「責備」之意。

★ You **might have set out** earlier on the trip across America.

你本來可以早點兒動身開始橫跨美洲的旅行的。

★ They **might have finished** their tasks on schedule, but they didn't because they were too indulged in the computer games.

他們本來是可以按時完成任務的，但沒按時完成，他們太沉湎於電腦遊戲了。

★ We **might have returned** to the dormitory before 11 o'clock yesterday.

昨天，我們本來可以 11 點以前回到宿舍的。

10-8 must

a 表示「義務、強迫、對現在的推測」

S + must + V....

★ I think we **must have** a clear purpose in mind.

我認為我們心裏必須有一個明確的目的。

★ While young, we **must prepare** ourselves for the future.

年輕時，我們必須為將來做打算。

★ You **must observe** emergency regulations.

你必須遵守緊急狀態管理條例。

★ You **must turn off** the gas after cooking.

做完飯後，你必須關掉瓦斯。

★ Linda **must be preparing** for her final examinations in the library now.

Linda 現在肯定在圖書館裏準備期末考試呢。

★ The teacher **must be** kidding.

老師肯定在開玩笑。

(1) 情態動詞語氣

意思	語氣強弱
「要求、命令、勸告、建議」	must > ought to > should > had better
「肯定推測」	must > may > might
「否定推測」	can > could > may > might
「疑問推測」	can > could

(2) can, could, may, might 不表示時態的不同，而表示「推測程度的強弱」。

(3) 意思為「必須」時，其否定式為 needn't 或 don't have to 而不是 mustn't。

b 表示「禁止」

S + must + not + V....

語氣非常強烈

★ We **mustn't smoke** in the forest.

　我們不能在森林裡吸煙。

★ You **mustn't tell** lies.

　你不能說謊。

★ One **mustn't betray** his friends.

　人不能出賣朋友。

★ There is one important thing which we **must not forget**.

　有件重要的事我們絕不能忘記。

c 表示「肯定推測」

S + must + be....

S + must + have + V-en....

(1) **S + must + be....** 表示對於現在狀態的推測。

(2) **S + must + have + V-en....** 表示對於過去事實的推測。

(3) 表示推測時，其否定式只能用 can't，表示「不可能」、「不一定」，不能用 mustn't。

★ Mary **must be** at home now for she has just called me there.

Mary 現在肯定在家裡，因為她剛從家裡給我打得電話。

★ My mother **must be** in bed. It's 12 o'clock already.

我母親肯定睡覺了。已經 12 點了。

★ Your father **must be** in the garden now.

你父親現在肯定在花園裡呢。

★ Jamie **must have bolted** the door.

Jamie 肯定把門鎖上了。

★ I didn't hear the doorbell. I **must have been** fast asleep.

我沒有聽到門鈴聲，我肯定睡得很沉。

★ The Greens **must have lived** in this city for a long time.

The Greens 肯定在這個城市生活了很長時間了。

 Extra | **S + must + have + V-en....**

如果用於含有假設語氣的子句時，可以表示與過去事實相反。

You **must have caught** the plane if you had taken a taxi to the airport.

你如果搭計程車去機場，你肯定趕上那架航班了。（事實上沒趕上那架航班。）

10-9 ought to

a 表示「應該、必須」

S + ought to + V....

(1) 表示「責任和義務」，有時表示勸戒。大多數情況下，可以與 should 通用，但 ought to 語氣比 should 更強烈。

(2) 否定形式為 ought not/ oughtn't to；疑問形式為 Ought + S + to + V...

★ I **ought to take** care of my father for he doesn't feel well today.

我必須照顧我父親，因為他今天不舒服。

★ Students **ought to respect** their teachers.

學生應該尊重教師。

★ We **ought to phone** for the doctors.

我們應該打電話叫醫生來。

★ You **ought not to return** home so early.

你不應該這麼早回家。

★ **Ought we to hand** in the papers tomorrow?

我們明天應該交論文嗎？

b 表示「過去應做而未做」

S + ought to + have + V-en....

表示本來不應該做而做了的事情，語氣裏含有責備之意。

★ Professor Rice **ought to have told** me the truth earlier.

Rice 教授本應該早點兒告訴我事實真相。

★ Michael **ought to have arrived** here an hour ago.

Michael 本該一個小時前到達這裏的。

★ Joseph **ought to have been** a policeman.

Joseph 本應該去當員警的。

★ You **ought not to have called** her for she was attending a lecture then.

你本不該給她打電話，她那時正在聽講座。

★ Mr. Johnson **ought not to have exceeded** the speed limit yesterday.

Mr. Johnson 昨天本不該超速行駛。

10-10　need/ dare

a　need 否定

S + need not + V....

➡ **S + don't/ doesn't/ didn't + need + to + V....**

need 做情態動詞時，沒有詞類變化，主要用於否定句和疑問句。needn't = don't have to，意為「沒有必要」。

★ You **needn't** (= don't need to) **bring** a lot of cash with you.
你不必帶很多現金。

★ One **needn't** (=doesn't need to) **understand** each word while reading a newspaper. 看報紙時沒必要讀懂每一個詞的意思。

★ The Smiths **needn't** (=didn't need to) **return** home by air yesterday.
Smiths 一家昨天沒必要搭飛機回來。

b　need 疑問

Need + S + V...?

➡ **Do/ Does/ Did + S + need + to + V...?**

(1) 在疑問句中 need 常常期待否定回答。

(2) 肯定回答用 must，否定回答用 needn't。

★ **Need** she (=Does she need to) **do** some washing for you?
需要她為你洗些衣服嗎？

★ **Need** I (= Do I need to) **pay** the bill now?
需要我現在付帳嗎？

★ **Need** you (=Did you need to) **do** it yourself yesterday?
昨天需要你親自做嗎？

★ **Need** we (=Did we need to) **develop** new products to keep operating?
我們需要發展新產品來維持運作嗎？

都表示過去無須做,而且也未做。

★ We knew how to solve the problem. We **didn't need/ have to** ask others for help.

我們知道如何解決這個問題,沒必要向他人求助。(實際上也未向他人求助)

c dare 否定

S + dare not + V....

➔ **S + don't/ doesn't/ didn't + dare + to + V....**

(1) dare 用於情態動詞的否定式。

(2) dare 可以用做為一般動詞;後面的不定式可以帶 to,亦可以不帶 to。

(3) daren't 亦可指「過去時間」。

★ I **dare not speak** in public.

我不敢當眾講話。

★ I **dare not tell** you what happened.

我不敢告訴你發生了什麼事。

★ My sister **doesn't dare (to) walk** in the dark.

我妹妹不敢在黑暗中走路。

★ John **didn't dare (to) tell** his parents that he didn't pass the exam.

John 不敢告訴父母考試不及格的事。

★ Mary wanted to say, but **daren't**.

Mary 想說,卻不敢說。

d dare 疑問

Dare + S + V...?

➔ **Do/ Does/ Did + S + dare + to + V...?**

dare 亦可以用做一般動詞。

★ **Dare** you **stay** here alone?

➔ **Do** you **dare to stay** here alone?

你敢一個人待在這裡嗎？

★ **Dare** you **swim** across the river?

➔ **Did** you **dare to swim** across the river?

你敢游過河嗎？

★ **Dare** the boy **jump** off the tree?

➔ **Did** the boy **dare to jump** off the tree?

那個男孩敢從樹上跳下來嗎？

 Extra　　**dare/ daresay**

dare 作為情態動詞，主要用於否定句、疑問句或條件子句中。在肯定陳述中，dare 只用於 I daresay 這樣的固定搭配，有時亦分開寫作 dare say。

★ I **daresay** (**dare say**) it will be a fine day tomorrow.

我敢說明天是個晴天。

e 表示原本不必做…但做了

S + needn't + have + V-en....

★ You **needn't have explained** that to him.

你原本不必向他解釋那件事。

★ You **needn't have got** up so early.

你原本不必那麼早起床。

★ Miss Jones **needn't have worried** so much.

Miss Jones 原本不必那麼擔心。

(1) 做情態動詞時，主要用於否定句和疑問句，一般不用於肯定句中。

  (O) He **needs to do** it himself.　　（need 為一般動詞）

  (X) He **need do** it himself.

(2) 但句子中如果有含有否定意義的副詞時，可以使用。

  ★ I need **hardly** stay here any longer.

    我不需要再待在這裡了。

10-11　used to

a 肯定

S + used to + V....

(1) 表示「過去的習慣或某時期的狀態」，現已不存在。

(2) used to 只有過去時形式，沒有現在時形式。

★ Parents and teachers **used to force** left-handed children to write with their right hands.

  過去父母和老師經常強迫慣用左手的孩子用右手寫字。

★ There **used to be** a wood over there.

  那兒曾有一片樹林。

★ My parents **used to have** two meals a day.

  我父母過去一天吃兩餐。

b 否定

S + didn't + use to + V....

在英式用法用 used not to 表達，可縮略為 usedn't to。

★ Michael **didn't use to** drink so much.

  Michael 過去不喝那麼多的酒。

★ I **didn't use to** wear hats.

我過去不經常戴帽子。

★ I **used not/ usedn't to** get up so late.

我過去不經常這麼晚起床。

c 疑問

Did + S + use to + V...?

★ **Did** our teacher **use to wear** jeans?

我們的老師過去經常穿牛仔褲嗎？

★ **Did** Michael **use to go** to work by bicycle ?

Michael 過去經常騎自行車去上班嗎？

 Extra　　**would** 和 **used to** 用法的區別：

1. 表示「過去偶爾的習慣」或「動作持續多長時間」時，只能用 would 不可用 used to。

★ Sometimes the girl **would** sit at the table for a long time.

有時這個女孩會坐在桌子旁邊很長時間。

2. would 只是單純表示「過去習慣性動作」，而 used to 有與「現在進行比較」的意思。

★ Jim **used to/ would** have some tea in the afternoon.

以前，Jim 常常在下午喝茶。

3. 如果表示過去習慣性的行為 would 和 used to 可以交替使用。

★ When we were in Hawaii last July, we **would/ used to** go swimming every day.

去年七月我們在夏威夷時，我們每天都去游泳。

4. would 經常和表示過去的時間短語、從句連用，而 used to 則不必。

代名詞

11-1 與 it 相關的句型

a 分裂句 It is/ was...that....

(1) It 引導的強調／分裂句是對句子某一部分的強調，用連接詞 that。

(2) 強調人時，可以用 that 也可以用 who。

★ **It is** electricity **that** makes nights colorful.

是電使夜晚色彩斑斕。

★ **It was** in Paris **that** they got married.

他們是在巴黎結婚的。

★ **It was** because it snowed heavily **that** we postponed our trip.

是因為雪下得很大，我們延期了我們的旅行。

★ **It is** Linda **that/ who** wrote the letter.

是 Linda 寫得這封信。

😊**Extra**   **it** 為虛詞

在 it 作為虛主詞的句型中（見 2-1b）如果去掉句子中的 **It's...that**，剩下的部分不是完整的句子。而含強調詞 it 的強調句去掉 **It's...that**，剩下的部分則是完整的句子。

★ **It's** a pity **that** you missed the movie.

很遺憾你沒看上這部電影。

★ **It's** obvious **that** what he said is not true.

顯然他說的不是實話。

b $S + V + it + OC + \begin{cases} \text{to V....} \\ \text{that + S + V....} \end{cases}$

it 做受詞，把真正受詞：不定式或 that 子句放在句尾。that 子句中的 that 不可省略。

請參考 7-4d 有關 it 和不定詞的句型

★ I found **it** difficult **to communicate with** her.

　我發現和她溝通很困難。

★ I think **it** necessary **to take part in** the activity.

　我認為有必要參加這項活動。

★ Do you think **it** beneficial **to find** a part-time job?

　你認為做兼職有好處嗎？

★ Do you consider **it** essential **that** students review their studies after class?

　你認為學生有必要在課後複習嗎？

★ I think **it** better **that** my mother should return home.

　我想我母親回家會更好一些。

11-2 不定代名詞 one/ other/ another/ some

a 表示「一個…另一個」　**one...the other....**

在固定的兩個中任意一個用 one，剩下的一個用 the other。

★ I have two scarves. **One** is red, **the other** is white.

　我有兩條圍巾，一條是紅色的，一條是白色的。

★ I bought two books. **One** is on language, **the other** is on literature.

　我買了兩本書，一本是語言方面的，一本是文學方面的。

★ I have two close friends; **one** lives in Tainan , and **the other** lives in Hualien.

　我有兩個好朋友，一個住台南，另一個住在花蓮。

b 表示「一個⋯其餘的」　**one...the others....**

總數是三個以上時，任取其一用 one，所剩的那些用 the others，用**複數動詞**。

★ Among the books I borrowed from the library, **one** has been returned to the library, **the others** will be returned next week.

我從圖書館借的書中，已經還了一本，其餘的下周還。

★ **One** of the tickets is for you, **the others** are for Kevin and his friends.

一張票是給你的，其他的是給 Kevin 及他的朋友的。

c 表示「一個⋯一個⋯另一個」　**one...another...the other**

總數為三個時，任取其一用 one，再取其一用 another，第三個用 the other。

one...another...the other... 分別代表三個**單數名詞**。動詞用**單數**。

★ There are going to be three lectures next week. **One** is on economics, **another** is on poetry, **the other** is on mass media.

下周將有三個講座，一個關於經濟學的，一個是關於詩歌，另一個是大眾傳媒的。

★ There are three fruit trees in the garden, **one** is an apple tree, **another** is an apricot tree, **the other** is a peach tree.

花園裏有三棵果樹，一棵蘋果樹，一棵杏樹，另一棵是桃樹。

 Extra
➥ **one...another...and another....**
➥ **one...another...and the third....**

★ John has three elder sisters, **one** is a doctor, **another** is a high school teacher, **and another** is a lawyer.

John 有三個姊姊，一個是醫生，一個高中老師，還有一個是律師。

★ Three people spoke at the meeting. **One** was the sales manager, **another** was the marketing executive, **and the third** was the chair of the meeting.

三個人在會議上發言。一個是業務經理，一個是行銷主管，第三個是會議主席。

d 表示「一些…其餘的」

some of..., the others....

(1) 用於某個特定的範圍。

(2) the others... 表示除去 some of 所包含的部分。

★ **Some of** the trees in the garden were cut down, **the others** remained.

　花園裡的一些樹被砍伐掉了，其餘的得以保留下來。

★ **Some of** the members have arrived, **the others** are still on the way.

　一些成員已經到達，其餘的還在路上。

★ **Some of** the lights in the building were on, **the others** were still off.

　大樓裡的燈有些打開了，其餘的還關著。

e 表示「有些…有些…有些…」

some..., others..., still others....

總數為三，some..., others..., still others... 分別代表三個**複數名詞**。動詞用**複數**。

★ **Some** (tourists) are from Australia, **others** (are) from Japan, **still others** (are) from the Netherlands.

　有些遊客來自澳大利亞，有些來自日本，有些來自荷蘭。

★ **Some** kids like pears, **others** love green apples, **still others** take bananas.

　有些孩子喜歡梨子，有些喜歡青蘋果，有些則拿了香蕉。

★ **Some** lottery winners spend their money on education for their children, **others** on travelling, **still others** on home improvement.

　有些贏得彩券的人將錢用於孩子的教育上，有些在旅遊上，有些在改善家境上。

★ **Some** students are playing basketball, **others** are watching, **still others** are relaxing themselves.

　有些學生在打籃球，有些學生在觀看，有些學生在放鬆自己。

f 表示「有些…，有些…」

Some + 不可數 N..., and some (+ 不可數 N)....

分別表述同一類事物／東西的兩種情況。some 修飾不可數名詞。

★ In this forest, **some** *wood* is very hard **and some** (*wood*) is not so hard.

在這片森林中，有些木材質地非常堅硬，有些不太堅硬。

★ **Some** *work* is dull, **and some** *work* is pleasant.

有些工作很枯燥，有些則令人愉快。

★ **Some** *information* is very useful, **and some** (*information*) is useless.

有些資訊很有用，有些資訊沒用。

g 表示「有些…，有些…」

Some + 可數 N..., and other (+ 可數 N)....

★ **Some** *people* agree, **and other** *people* disagree.

有些人同意，有些人不同意。

★ **Some** *singers* are popular, **and other** *singers* are not.

有些歌手很受歡迎，有些歌手則不受歡迎。

h 表示「有些…，有些…」

Some (+ 可數 N)..., some (= others)....

前一個 Some 修飾可數名詞，後一個 some (= others) 為不定代詞。

★ **Some** *students* are playing football, **some** are playing basketball.

有些學生在踢足球，有些在打籃球。

★ **Some** *animals* are wild; **some** are tame.

一些動物非常狂野，一些則比較馴服。

★ **Some** *young people* like rock & roll, **others** dislike it.

有些年輕人喜歡搖滾樂，有些人不喜歡。

i 表示「一回事…另一回事…」

one thing...another

通常對形似而本質不同的事情進行對比。

★ To learn is **one thing**, to learn well is **another**.

學習是一回事，學好是另一回事。

★ To live is **one thing**, to live with dignity is **another**.

活著是一回事，有尊嚴地活著是另一回事。

★ To receive an invitation is **one thing**, to accept it or not is **another**.

收到邀請涵是一回事，是否接受邀請是另一回事。

11-3 與雙重所有格有關的句型

S + be/ V + a(n)/ those... + N + of + mine/ yours....

(1) 雙重所有格，mine/ yours.... 為所有代名詞。

(2) 在雙重所有格的用法中，在名詞前面出現的限定詞除了 a 和 those 之外，還有 this
  (these)、any、some、another、no。

★ I gave him **those** lilies **of mine** in exchange of those carnations **of his**.

我將我的那些百合花給他，交換他的康乃馨。

★ I like **those** pictures **of hers**.

我喜歡她的那些照片。

★ Mary is **a** friend **of mine**.

Mary 是我的一個朋友。

★ This is **a** dictionary **of his**.

這是他的一本詞典。

形容詞、副詞

12-1 數量形容詞

A number of A (good/ great/ large) number of	+ 可數 N + 複數 V....

An amount of A large amount/ Large amounts of A good/ great deal of	+ 不可數 N + 單數 V....

A lot/ Lots of Plenty of	+ 可數 / 不可數 N + 複數 / 單數 V....

★ There were **a number of** *people* out that evening, far more than I had thought.

那天晚上出來了很多人，比我預想的要多得多。

★ **A good/ great/ large number of** *visitors* came to the industrial exhibition.

大量參觀者參觀了這屆工業產品展覽會。

★ Catherine inherited **an amount of** *money* from her aunt.

Catherine 從她姨媽那裡繼承了一筆錢。

★ The women suffered **a great deal of** *pain* in the accident.

事故中，這位女子遭受了很大痛苦。

★ His speech received **a good deal of** *criticism from the public*.

他的演講受到了公眾的廣泛批評。

★ **Plenty of** *people* gathered to protest in the square.

廣場上聚集了很多人在抗議。

★ **A lot of/ Plenty of** *preparation work* is needed before we can begin the project.

工程開始之前需要做很多準備工作。

★ Celebrities usually get **a lot of** *media attention*.

名人通常受到媒體的大量關注。

★ As a result, they've missed **lots of** *valuable information*.

結果他們錯過了很多有價值的資訊。

12-2 原級比較

a **S + be + as + Adj + as....**

   S + V + as + Adv + as....

(1) "as...as..." 意為「與…一樣」，表示「同一程度」或「相等」。

(2) 第一個 as 是副詞，後面可接形容詞或副詞；第二個 as 是連接詞，連接子句，如果這子句的動詞部分和主要子句的動詞部分相同，則常常被省略，也可以用助動詞例如 do(does, did) 等代替；如果不同，則不能省略。

★ This park is **as** *beautiful* **as** the one in my hometown.

這座公園和我家鄉的公園一樣漂亮。

★ For me, mathematics is **as** *interesting* **as** English.

就我而言，數學和英語一樣有趣。

★ John studies **as** diligently **as** ever.

John 學習一直非常勤奮。

★ Some studies show that boys usually don't participate in classroom discussion **as** actively **as** girls (do).

一些研究顯示，在參加課堂討論方面男孩通常不如女孩積極。

★ Mr. Smith is almost **as** tall **as** his father.

➲ Mr. Smith is about **the same** height **as** his father.

Mr. Smith 差不多和他父親一樣高。

★ This river is nearly **as** wide **as** the one in my hometown.

➲ This river is about **the same** width **as** the one in my hometown.

這條河跟我家鄉的那條河差不多一樣寬。

b   S + be + not + as/ so + Adj + as....
S + Aux not + V + as/ so + Adv + as....

(1) not + as/ so + Adj + as 是 as...as... 的否定形式。表示「不及、不如」。

(2) S + be + not + as/ so + Adj + as.... ➲ S + be + less + Adj + than...

★ Your kitchen is **not so/ as** big **as** mine.

你家的廚房不如我家的廚房大。

★ This dictionary **is not so** good **as** that one.

這本詞典不如那本詞典好。

★ The students **can't** play the piono **as** well **as** their teachers.

這些學生鋼琴彈得不如老師好。

★ "Hang Gliding" are **not as/ so** familiar to us **as** such sports as football.

➲ "Hang gliding" are **less** familiar to us **than** such sports as football.

「滑翔翼運動」對於我們來說不如足球這樣的運動熟悉。

c   S + be/ V + as + Adj + N + as....
S + be/ V + as + Adj + a(n) + N + as....

同等比較。用法同 12-2-a 句型，但結構不同，其中的形容詞後加名詞。

★ I have **as** *much money* **as** my sister.

我和我妹妹的錢一樣多。

★ My daughter has **as** *many photos* **as** her cousin.

我女兒的照片和她表妹的照片一樣多。

★ This director makes **as** *good a film* **as** any other famous directors.

這位導演拍攝的電影不遜色於任何其他著名導演。

★ Oliver traveled to **as** *many places* **as** you（did）in the past few years.

在過去的幾年裡，Oliver 旅行去的地方和你一樣多。

12-3　比較級

a　S + be/ V + Adj-er/ Adv-er + than....

★ Larger cars are generally **safer than** small ones in collision.

在發生相撞事故時，大車子一般要比小車子安全些。

★ Some actions are **riskier than** others.

有些行為比其他行為更危險。

★ Sometimes music may communicate **more** clearly **than** words.

有時音樂可能要比用語言的溝通更清楚。

😊 **Extra** 　 **much/ far/ a lot/ a little/ a bit/ even/ still**

形容詞與副詞比較級之前可以加上修飾詞，表示程度。

★ It was *much* **better than** I had thought.

情況比我想得要好得多。

★ This unit is *far* **more interesting than** the previous one.

這個單元的內容比前一個單元有意思得多。

★ This cat is *a lot* **bolder than** that one.

這隻貓比那隻勇敢多了。

★ It is *a little* **colder** today **than** it was yesterday.

今天比昨天冷一點兒。

★ Your house is just *a bit* **bigger than** mine.

你家的房子只比我家的房子大一點兒。

★ Michael is handsome. My nephew is *even* **more handsome than** Michael.

Michael 很帥，我侄子比 Michael 還要帥。

★ Now *still* **more important than** the quantity is the quality.

現在品質要比數量來的重要。

b S + be + the + Adj-er + of the two....

表示兩個中一個較之另一個「更為…」，「較為…」。

★ This painting is **the more attractive of the two**（paintings）.

這幅畫作是兩幅中更具吸引人的一幅。

★ This performance is **the more exciting of the two**（performances）.

兩場演出中，這場更令人興奮。

★ George is **the more humorous of the two**（people）.

George 是兩個人中更幽默的一個。

c S + be + less + Adj/ Adv + than....

➔ S + be + not + as/ so + Adj/ Adv + as....

這幾種句型均表示「不及」，「不如」。

★ This novel is **less** interesting **than** the one I read last week.

➔ This novel is not **as/ so** interesting **as** the one I read last week.

這本小說不如我上星期看得那本有趣。

★ Tony studied **less** diligently **than** other students in the class.

➔ Tony didn't study **as/ so** diligently **as** other students in the class.

Tony 學習不如班裡的其他同學勤奮。

d **S + be + senior/ junior/ superior/ inferior/ prior + to....**

以上形容詞表示「比較」意義，但其後用 to 而不用 than。

★ My father is **senior to** my mother by 3 years.

我父親比我母親大 3 歲。

★ There are several clerks **junior to** Christina in the office.

辦公室裡有好幾位職員資歷比 Christina 淺。

★ This brand of cheese is infinitely **superior to** the other ones.

這個品牌的乳酪比其他牌的好多了。

★ The proposal to improve public transportation should be placed on the agenda **prior to** others.

改進公共交通的提案應該比其他提案更優先放到議程裡。

e **S + get/ become/ grow +** $\begin{cases} \textbf{Adj-er and Adj-er} \\ \textbf{more and more + Adj} \end{cases}$

become、get、grow 表示「漸漸變得」

★ These trees are **growing stronger and stronger**.

這些樹越長越壯了。

★ The boy is **getting fatter and fatter**.

這個男孩子越來越胖了。

★ The oil resources on the Earth are **becoming less and less**.

地球上的石油資源越來越少。

★ The girl is **growing more and more** beautiful.

這位女孩變得越來越漂亮。

★ This old sofa is **getting more and more** uncomfortable.

這個舊沙發變得越來越不舒服。

f **The + Adj₁-er/ Adv₁-er..., the + Adj₂-er/ Adv₂-er....**

表示「越…越…」

★ **The more** we know the universe, **the more** confused we seem to become.

我們對宇宙瞭解得越多，我們就越困惑。

★ **The higher** the women's position is, **the harder** it is to balance their family and career.

女性的職位越高，家庭與職業的關係就越難平衡。

★ **The sooner, the better**.

越快越好。

g **S + be + more + N/ Adj + than N/ Adj**

➲ **S + be + N/ Adj + rather than + N/ Adj**

★ No bond is <u>**stronger than** that between parents and children</u>.

➲ <u>The bond between parents and children is strong **rather than** others</u>.

父母與孩子之間的關係是最牢固的。

★ Do you think women are <u>**more** interested in astrology **than** men</u>?

➲ Do you think women are <u>interested in astrology **rather than** men</u>?

你認為女性比男性對占星更感興趣嗎？

h **S + be + N/ 數詞 + Adj-er + than....**

比較級前含有確定程度的修飾語。

★ The Yangtse River is <u>**over** *700 kilometers* **longer than**</u> the Yellow River.

長江比黃河長 700 多公里。

★ My father is <u>*two inches* **taller than**</u> my mother.

我父親比我母親高 2 英寸。

★ Our income is <u>*50%* **larger now than**</u> ten years ago.

我們現在的收入比 10 年前高 50%。

★ Women live about *7 years or 10%* **longer than** men on average.

按平均值，女性要比男性多活 7 年，即 10%。

★ This car costs $ *5,000* **more than** that one.

買這輛汽車比買那輛要多花 5 千元。

i 比較級的慣用語

① **no more than** 最多、不超過

no less than (=as many as) 不少於、多達

★ Please answer the following questions with **no more than** 10 words.

請用至多 10 個字回答下列問題。

★ There are **no more than** six errors in this section.

這個部分有不超過六個的錯誤。

★ The runner ran **no less than** two hours to the destination.

這位跑者跑了長達兩小時到達終點。

★ Please write the composition with **no less than** 120 words.

寫一篇至少 120 字的作文。

☺ **Extra** **no more than** 與 **no less than** 之比較：

★ This library has **no more than** 300,000 books.

這個圖書館只有 300,000 冊圖書。（隱含的意思是書太少）

★ This library has **no less than** 300,000 books.

這個圖書館居然有 300,000 冊圖書。（超出預料，表示驚奇）

② **no more + Adj + than**

no less + Adj + than

★ Hank is **no more** fit to be a teacher **than** a child is.

Hank 比一個小孩更不適合做老師。

★ Women are **no less** capable, intelligent, logical, and responsible **than** men.

女性在能力、智力、邏輯推理能力、責任感方面並不比男性遜色。

★ Our teacher is **no less** beautiful **than** she used to be.

我們老師和從前一樣漂亮。

③ **no longer = not...any longer = not...anymore**　不再

★ I sold the house. It **no longer** belonged to me.

我把房子賣了。這所房子不再屬於我了。

★ The book was scrunched so that it's **no longer** in its original shape.

書被揉皺了，不再能恢復原來的形狀了。

★ I can **not** tolerate his bad manners **any longer**.

我再也不能忍受他的無理行為了。

★ The students hope they won't need to take the exams **any more**.

學生們希望他們不必再考試了。

12-4　最高級

a

$$S + be/ V + the + Adj\text{-}est/ Adv\text{-}est + N + \begin{cases} in + 地方 \\ of/ among + 人 / 物 \\ that...ever... \end{cases}$$

用於三個以上的人或物之間的比較。

★ It is **the most luxurious** house **of/ among** all the houses I've visited recently.

這幢房子是我所走訪過的房子中最奢華的。

★ This is **the most crowded** place **in this town**.

這是城中最擁擠的地方。

★ Alex worked **the hardest among** all the students **in his class**.

Alex 是他們班學習最用功的學生。

★ This is **the most melodious** music (**that**) **I've ever heard**.

這是我所聽過的最悅耳的音樂。

b **S + be/ V + the + least + Adj (+ 單數 N) + 表示範圍的片語或子句**

表示「最少的」、「最無關緊要的」。

★ It is **the least exciting** film I've ever seen.

這是我看過的最不令人興奮的電影。

★ This is **the least comfortable** thing that I've ever held in my hand.

這是我手上拿過最不舒服的東西。

★ XQT was **the least reliable** system in use.

XQT 是使用中最不可靠的系統。

c **S + be + one of/ among + the + Adj-est + 複數 N....**

★ Astronomy is **one of the most** popular branches of science.

天文學是科學學門中最熱門的學科之一。

★ Climbing Mt. Everest is still **among the greatest** challenges of humans.

攀登聖母峰依然是對人類的一大挑戰

★ Sahara Desert is **one of the hottest** places on the Earth.

撒哈拉沙漠是地球上最熱的地方之一。

★ Exercise is **one of the most** effective ways to relieve stress.

運動是解除壓力最有效的方法之一。

☺ **Extra** 　如果主詞是複數時，只能用 **among** 不能用 **one of**。

★ Heart disease and stroke are **among the most** frequent causes of death.
心臟病和中風包括在死亡率最高的疾病中。

d
$$\begin{cases} \text{No (other) + 單數 N} \\ \text{No one} \\ \text{Nothing} \end{cases} + \text{be/ V} + \begin{cases} \text{as/ so + Adj/ Adv + as....} \\ \text{Adj-er/ Adv-er + than....} \end{cases}$$

為全部否定句形式，意為「絕無」。

★ **Nothing** is **worse than** explaining a joke. It spoils the humor.

去解釋笑話是最糟糕的事情，會毀了其中的幽默。

★ In handling embarrassing situations, **nothing** could be **more** helpful **than** sense of humor.

在處理令人難堪的局面時，沒有什麼比幽默感更有幫助的了。

★ **No one** is **as responsible as** you in helping others.

在幫助他人方面，沒有人比你更有責任心。

★ **No other** success is **more exciting than** being admitted to MIT.

沒有成就比被麻省理工學院錄取更令人興奮了。

e 以比較級形式表示最高級

S + be/ V + Adj-er/ Adv-er + than + any other + 單數 N....

➡ S + be/ V + Adj-er/ Adv-er + than + all the other + 複數 N....

★ Most Italian audience think Francesco Totti plays football **more skillfully than any other** member.

➡ Most Italian audience think Francesco Totti plays football **more skillfully than all the other** members.

多數義大利觀眾認為 Francesco Totti 是踢球技術最嫺熟的足球球員。

★ To John, apples taste/ are **tastier than any other** fruit.

➡ To John, apples taste/ are **tastier than all the other** fruits.

對 John 而言，蘋果是最可口的水果。

➡ No **(other)** + 單數 N/ **No one/ Nothing** + be/ V + as/ so + Adj/ Adv + as....

➡ No **(other)** + 單數 N/ **No one/ Nothing** + be/ V + Adj-er/ Adv-er + than....

★ To John, apples taste/ are **tastier than any other** fruit.

➡ To John, **of all the fruits** nothing tastes/ is **tastier than apples**.

➡ To John, **of all the fruits** nothing tastes/ is **as tasty as apples**.

f $\quad$ **S + be + the last + N +** $\begin{cases} \textbf{to + V} \\ \textbf{that-clause} \end{cases}$

意為「最不可能的」

★ Jack is **the last person to** do the job.

Jack 最不適合做這項工作。

★ Mary is **the last person to** criticize/ be criticized.

Mary 是最不可能受到批評的人（怎麼也不能批評她）。

★ Tax is **the last thing** (**that**) you'll worry about.

納稅是你最不用擔心的事。

★ To cheat in the examination is **the last thing** (**that**) Mary will do.

考試作弊是 Mary 最不願意幹的事。

g $\quad$ **S + be + Adj-er + than +** $\begin{cases} \textbf{any other + N} \\ \textbf{anyone else} \\ \textbf{anything else} \end{cases}$

以比較級形式表示最高級

★ Susan is **taller than any other** girl in her class.

Susan 比同班的其他同學都高。

★ Christina is **more** competent for the job **than any other** clerk in the office.

Christina 是辦公室裡最能勝任這項工作的人。

★ My aunt is **more** quick-tempered **than anyone else**.

我姑姑性情比誰都急躁。

★ Gertrude is **more** beautiful **than anyone else** at the party this evening.

Gertrude 是今天晚會上最漂亮的人。

★ Health is **more** important to us **than anything else**.

對於我們來說，健康比什麼都重要。

★ Water is **more** essential to living things **than anything else** on the Earth.

在地球上，對於生命而言，水是最重要的。

12-5　表倍數的句型

S + be + 倍數詞 + as + Adj + as....

➋ **S + be + 倍數詞 + the + N + of....**

➋ **S + be + 倍數詞 + Adj-er + than....**

S + be + 倍數詞 + the + N + of.... 句型中常用的名詞有：length、width、breadth、level、value、velocity、space 等。

★ We need a room **ten times as** *large* **as** that one.

我們需要一個比那間房間大十倍的房。

★ Our university is **five times as** *big* **as** yours.

我們大學是你們大學的五倍大。

★ This river is **three times** *the length* **of** the one in your hometown.

這條河比你家鄉那條河長三倍。

★ My apartment is **four times** *bigger* **than** yours.

我的公寓比你們的大四倍。

NOTES

對等連接詞

both...and....　「…和…都；不僅…而且」

(1) both...and... 連接對稱的單字或片語，但不能用來連結子句。

(2) both...and... 連接名詞（片語）當作主詞時，其後需接複數動詞。

(3) 與 not only...but also 句型（見 13-3）意思相同。

(4) both...and... 語意上強調兩者都屬同狀態。

★ He is **both** talented **and** honest.

　 他是個既有才華，又誠實的人。（連接形容詞）

★ The secretary **both** speaks **and** writes English.

　 這位秘書能說和寫英語。（連接動詞）

★ I choose this job **both** for my own sake **and** for my family's.

　 我為自己，也為我的家庭選擇了這份工作。（連接介係詞片語）

★ Corn can be eaten by **both** people **and** domestic animals.

　 玉米是人和牲畜都能吃的農作物。（連接名詞）

★ **Both** Mary **and** Tom **like** their new house.

　 瑪麗和湯姆都喜歡他們的新房子。（連接名詞作為主詞）

13-2

not...but.... 「不是…而是…」

(1) not...but... 連接對稱的單字、片語或子句。另外關於 no...but 的句型，詳見 3-4-d。

(2) not...but... 當作主詞時，其動詞需與後面的名詞一致。

★ Johnson is **not** a writer **but** a teacher.

　　Johnson 不是作家而是一位教師。（連接名詞）

★ Ross was **not** happy at all **but** a little sad.

　　Ross 一點也不高興，而是有些悲傷。（連接形容詞）

★ He is **not** from England **but** from the States.

　　他不是英國人，而是美國人。（連接介係詞片語）

★ I could **not** overlook this mistake **but** pointed it out.

　　我無法漠視這個錯誤，將它指示出來。（連接動詞片語）

★ Robert did**n't** attend the meeting, **but** his brother came in his place.

　　Robert 沒有出席會議，而是由他的弟弟代為出席。（連接動詞片語）

★ **Not** he **but** I am to blame.

　　不怪他，怪我。（連接代名詞作主詞）

13-3

not only...but(also).... 「不僅…而且…」

...as well as.... 「…和…都」

(1) not only...but also 直接連接兩個動詞，而 as well as 後者需接 V-ing。

(2) not only...but(also)... 當作主詞時，其動詞需與後面的名詞一致。

(3) Not only 放句首時，其後接句子需要倒裝，**Not only + V + S, but also....**。

★ Lisa likes **not only** pop music, **but also** classical music.

　　Lisa 不僅喜歡流行音樂，而且喜歡古典音樂。（連接名詞）

★ The student is **not only** smart **but also** hardworking.

　　這個學生不僅聰明而且刻苦。（連接形容詞）

★ Joe **not only** <u>did</u> the shopping **but also** <u>cooked</u> the meal.

喬不僅買東西，而且還做飯。（連接動詞）

★ The applicant has <u>experience</u> **as well as** <u>knowledge</u>.

這個申請人不僅有知識而且有經驗。（（連接名詞）強調前者）

★ Gill is <u>intelligent</u> **as well as** <u>beautiful</u>.

Gill 不僅聰明而且漂亮。（連接形容詞）

★ Joe <u>hurt</u> his arm in the car accident, **as well as** <u>breaking</u> his leg.

喬不僅在車禍中傷了胳臂，也斷了腿。（連接動詞）

★ **As well as** <u>doing</u> grocery shopping, Lisa <u>went</u> to a doctor after work.

➡ Lisa <u>went</u> to a doctor after work <u>and did</u> grocery shopping **as well**.

Lisa 下班過後去看醫生還去採買家用。（連接動詞）

★ **Not only** Lily **but also** <u>Tom and Mary</u> <u>are</u> fond of watching movies.

不僅 Lily，而且 Tom 和 Mary 都喜歡看電影。（連接詞）

★ **Not only** did the promotional campaign appeal <u>to those who love to read</u> **but also** <u>to those who don't</u>.

這次促銷活動不僅吸引了那些喜歡閱讀的人，而且吸引了那些不喜歡閱讀的人。

13-4

either...or... 「或者…或者；不是…就是…」

neither...nor... 「既非…又不；既不是…又不是」

(1) either 後所接句子成分與 or 後面所接的詞性相似，即兩者都是名詞（片語）、代名詞（片語）、或子句。

(2) either...or... 後所接人稱和數不同時，動詞與最接近的主詞相協調。

(3) neither...nor 不能用來否定整個子句。它可以視同為 both...and 的否定對應詞。

(4) neither 放於句首時，句子採用部分倒裝。

★ It's been **either** raining **or** windy all the week.

整個星期不是下雨便是颱風。（連接形容詞）

★ Please **either** go with me **or** stay at home: don't hesitate anymore.

請跟我走，要麼留在家裡：別再猶豫了。（連接動詞）

★ You can keep **either** a dog **or** a cat. You can't have both.

你要麼養條狗，要麼養只貓，但不能兩個都養。（連接名詞）

★ **Either** you **or** I am right. = **Either** you are right **or** I am.

要麼你對，要麼是我對。（連接代名詞）

★ Sam **neither** wears long hair, **nor** has on jeans.

Sam 既不留長髮，也不穿牛仔褲。（連接動詞）

★ Jane was **neither** happy **nor** sad.

Jane 既不高興，也不悲傷。（連接形容詞）

★ **Neither** Mark **nor** Wendy wanted to do the housework.

Mark 和 Wendy 都不想做家務。（連接名詞）

☺ Extra　　**Neither** 及 **Nor** 的用法

(1) 兩者都用於回答短句時，置於句首並倒裝，意為「也不、也沒有」。

★ I don't like this hat.　我不喜歡這頂帽子。

Neither/ Nor do I.　我也不喜歡。（用於問句答覆時，需要倒裝）

(2) 用於連接了句時，表示與先前所提之間的關係，也需要倒裝。

★ If you won't go hiking, **neither/ nor** will I.

如果你不去散步，我也不去。（用於一般子句時，需要倒裝）

祈使句

動詞原形 **V + OC....**

Do + V....

Let's/ Let us + V....

Let + O + V....

Let there be....

(1) 祈使句的結構與陳述句一樣，但主詞常被省略，表示「請求、命令、建議」。

(2) 祈使句一般沒有時態變化，也不能與情態助動詞連用；主詞通常為第二人稱 you。

(3) 在動詞原形前面加助動詞 do，是為了加重語氣，表示「強調」。

(4) Let's 表示第一人稱複數的祈使語氣，通常用於口語，表示「建議」。Let us 則為正式書寫的用法。

(5) Let 也用於第三人稱的祈使句。

★ **Come** in and **close** the door.
   請進，把門關上。

★ **Open** it for me, please.
   請替我打開它。

★ Hello Mr. Blake. **Do** come in!
   您好，Blake 先生。快請進！

★ **Have** some more cakes.
   多吃點蛋糕。

★ **Follow** me, please.
   請跟我來。

★ **Do** bring an umbrella.
   要帶把雨傘。

★ **Let's** go at once.

讓我們立刻趕去。

★ **Let** me try it on.

讓我試穿一下。

★ **Let** me/ **Let's** see, what do we have in the box?

讓我看看，箱子裡裝了什麼？

★ **Let** them choose what they want.

讓他們選擇他們自己想要的。

★ **Let** us enjoy the performance quietly!

讓我們安靜地欣賞表演吧！

★ **Let** him finish it alone.

讓他自己完成吧！

★ **Let there be** peace on this world!

願這世界和平！

14-2 否定祈使句

a Don't/ Never + V

Let's/ Let us not + V　不要／再別做…

(1) Don't (Do not) 或 Never 加動詞原形表示否定的祈使語氣

(2) Do be 也可用於表示「否定」的強調用法

★ **Don't** be late for school.

上學不要遲到。

★ **Don't** forget to do your homework.

別忘了做作業。

★ **Don't** believe what politicians promised in the campaign.

不要相信政治人物在競選時的承諾。

★ **Never/ Don't ever** do that again!

別再這樣做了！

★ **Never** talk with your mouth full.

吃東西的時候不要講話。

★ **Never** give up your dream!

不要放棄你的夢想！

★ **Let's/ Let us** not say any words now.

現在就別再說什麼了。

★ **Do be** quiet!

安靜！

★ **Do be** honest!

要老實點！

b No + N/ V-ing!　請勿／嚴禁…

No 加名詞或動詞 ing 的形式表示否定的祈使語氣，表示「警示」意思。

★ "**No Entry**," said the sign on the door.

門上的牌子上寫著「禁止進入」。

★ The museum staff seriously informed the visitor who took out his camera and said, "**No Photograph!**"

博物館館員嚴肅地提醒那位拿出照相機的參觀者說著：「請勿攝影！」

★ **No littering**!

請勿亂丟（垃圾）！

★ **No spitting**!

嚴禁（隨地）吐痰！

★ **No smoking**!

請勿吸煙！

★ **No parking**!

禁止停車

| **Let there be no + V-ing…!** 禁止／不要再 |
| **You must not + V…!** 請勿／不要 |

★ **Let there be no** pollution!

不要污染（環境）！

★ **Let there be no** war!

不要再有戰爭！

★ **You must not** check personal email during office hours!

不要在上班時間查閱私人電子信箱！

★ **You must not** use cell phone in the movie theater!

不要在電影院裡講手機！

c Stop + N/ V-ing　不要再…

(1) Stop 加名詞，表示否定的祈使語氣

(2) Stop 加動詞 ing 的形式，表示否定的祈使語氣

★ **Stop** pollution!

不要再污染環境了！

★ **Stop** talking about this!

不要再說這個了！

★ **Stop** waste!

不要再浪費了！

★ **Stop** bugging me!

別再煩我了！

14-3 被動祈使句

Be/ Get + V-en.... 做…

Be 或 Get 加上動詞過去分詞表示被動的祈使語氣

★ **Be guided** by what he just said in the meeting.

按他剛剛在會議上說的去做。

★ **Be seated** while the airplane is landing.

飛機降落時要就座。

★ **Get started** the project at once!

馬上開始計畫案吧！

★ "Wake up and **get dressed** now! You will be late for school," shouted Ms. Smith.

「現在起床，快穿衣服！你上學快遲到了！」Smith 太太大聲喊著。

14-4 祈使句衍生句型 (1)

祈使詞 ... + and + S + V.... 「做…就能夠…」

➲ **If you + V...., you + will + V....**

(1) 此句型表示「只要你做到…你就能夠…」。

(2) 此句型可以替換為含有 if 條件子句的句子。

★ **Get up** earlier **and** you can schedule your day well.

早點起床，你就可以好好地安排一天的生活。

➲ **If** you get up earlier, you can schedule your day well.

如果你早點起床，就可以好好地安排一天的生活。

★ **Exercise** every day **and** you will become healthier.

每天鍛鍊身體，你就會變得更健康。

➔ **If** you exercise everyday, **you will** become healthier.

如果你每天鍛鍊身體，你就會變得更健康。

14-5　祈使句衍生句型 (2)

祈使詞 ..., + or + S + V....　「你要做…，否則你就會…」

➔ **If + you + Aux not + V..., you + V....**

➔ **Unless + you + V..., you + will + V....**

(1) 祈使詞加 or 後接主動詞結構，表示「你（要）做到…否則你就會（得到後果）」。

(2) 此句型可以替換為含有 if 或 unless 條件子句的句子。

★ **Have** a balanced diet, **or** you will get ill.

要有均衡的飲食，不然你會生病的。

➔ **If** you don't have a balanced diet, **you will** get ill.

如果你沒有均衡的飲食，你就會生病。

➔ **Unless** you have a balanced diet, **you will** get ill.

除非你有均衡的飲食，不然你就會生病。

★ **Keep** your promise, **or** your will be doomed to failure.

信守承諾，否則你註定會失敗。

➔ **If** you don't keep your promise, **you will** be doomed to failure.

如果你沒有信守承諾，就註定會失敗。

➔ **Unless** you keep your promise, **you will** be doomed to failure.

除非你信守承諾，否則註定會失敗。

疑問句

15-1 yes-no 問句

屬於一般疑問句，需要用肯定詞 yes 或否定詞 no 回答。

a **Be + S + N/ Adj...?** 「是…嗎？」

將肯定句中的 Be 動詞移至句首，構成疑問句。

★ **Is** it your pen? 這是你的鋼筆嗎？

　Yes, it is. 是的。

★ **Is** the boy your brother?

　這個男孩是你弟弟嗎？

★ **Are** you waiting for someone?

　你是在等人嗎？

★ **Was** the dog thirsty?

　這隻狗口渴了嗎？

b **Aux + S + V...?** 「做…嗎？」

當動詞為一般動詞時，在句首用助動詞 do/ does/ did. 構成疑問句。如果肯定句中有 will/ would... 之類的助動詞，就將這些助動詞提到句首構成疑問句。

★ **Does** she do housework every day?

　她每天都做家務嗎？

★ **Do** you know the girl?

　你認識那個女孩嗎？

★ **Did** Jack watch TV last night?

傑克昨晚看電視了嗎？

★ **Will** you be there on time?

你會準時到嗎？

★ **Would** you like to turn down the radio?

你可以把收音機的聲音轉小嗎？

c Have + S + V-en...? 「做了…嗎？」

將完成式中的助動詞 have/ has/ had 移至句首構成疑問句。

★ **Have** you ever heard of the news?

你聽說那則消息了嗎？

★ **Has** he reaped the crops before the typhoon?

他在颱風來之前收成了嗎？

★ **Have** you ever been to the United States ?

你去過美國嗎？

15-2 選擇疑問句

對句子某一成分提問，提問時以 or 連接。

a Be + S...or...? 「是…還是…？」

★ **Are** you a teacher **or** a student?

你是教師還是學生？

★ **Was** Richard a writer **or** a poet?

理查是作家還是一位詩人？

★ **Is** it an apple tree **or** a peach tree?

這是株蘋果樹還是桃樹？

★ **Were** the boys resting **or** working?

男孩子們在休息還是在幹活？

b Aux + S + V...or...?

★ **Do** they come from France **or** Germany?

他們是法國人還是德國人？

★ **Does** Michael enjoying writing **or** reading?

麥克喜歡寫作還是讀書？

★ **Did** the couple go to Europe by train **or** by air?

那對夫妻是乘火車去歐洲的還是搭飛機去的？

★ **Will** you do as you are told **or** get out?

你要依照指示去做還是要滾？

15-3 wh- 開頭的疑問句

就句子的主詞部分提問時，將 Wh– 開頭的疑問代名詞置於句首。

a Who/ Which/ What/ How/ Why + be + S + N/ Adj...?

「誰、哪一個、什麼是…？」

疑問詞在句首，之後和 15-1a 的規則相同。

★ **Who is** the elderly man sitting beside the fountain?

坐在噴泉邊上的那位老先生是誰？

★ **What was** on the desk?

書桌上的是什麼？

★ **Which** flower **is** your favorite?

你最喜歡的花是哪一種？

★ **How is** your mother?

你母親怎麼樣？

★ **Why were** the students laughing?

學生們為什麼在笑啊？

b Who/ Which/ What/ How/ Why + Aux + S + V...?

「誰、哪一個、什麼做…？」

疑問代名或疑問形容詞在句首，之後和 15-1bc 的規則相同。

★ **Who will** pick Janet up tomorrow?

誰明天要去接 Janet？

★ **Which** of the students **have** finished homework?

哪些學生已經完成作業了？

★ **What do** you want to drink?

你想要喝什麼？

★ **How did** they come to that conclusion?

他們是怎麼得出那個結論的？

★ **Why did** the boy get angry?

為什麼男孩生氣了？

c which/ what/ whose 可以做疑問形容詞

★ **Which** place did you visit these days?

這幾天你們參觀了哪些地方？

★ **What** advice does Kate give her daughter?

Kate 給她的女兒提了些什麼建議？

★ **What** nationality was he?

他是哪國人？

★ **Whose** house is this?

這是誰的房子？

d 疑問副詞

When/ Where/ Why/ How + Aux + S + V...?

「…什麼時候／在哪裡／為什麼／怎麼樣…？」

疑問副詞在句首，之後和 15-1bc 的規則相同。

★ **When** did he come back from Britain?

他什麼時候從英國回來？

★ **Where** should I put the glasses?

我應該把眼鏡放在哪裡？

★ **Why** must the old lady have mercy on him?

為什麼老婦人一定要寬恕他呢？

★ **How** did she save her baby from the fire?

她怎麼從大火中救出了將她的孩子？

★ **How** long will it take to complete your work?

完成這項工作要多長時間？

15-4 間接問句

a **Do you know + 疑問詞 + S + V...?** 「你知道…嗎？」

Wh- 子句做 know 的受詞。注意在間接問句中，疑問詞之後的子句中的字序是 S + V，
和 15-3 的結構不同。

★ Do you know **who** is cleaning the house?

你知道誰在打掃房間嗎？（主詞）

★ Do you know **who (whom)** he will talk about?

你知道他要談及的是誰嗎？（介係詞受詞）

★ Do you know **which** parts of the mountain is the most beautiful?

你知道這座山那些地方的風景最美嗎？（主詞）

★ Did you know **what** happened?

你知道發生了什麼事情？（主詞）

★ Do you know **where** we should go?

你知道我們該往哪裡去嗎？（動詞受詞）

☺ **Extra**　問句沒有疑問詞的類型：

Is it going to rain?

間接問句的構成要用到 if 或 whether：

★ Do you know **if/ whether** it is going to rain?

b **I don't know** + 疑問詞 + S + V....　「我不知道／告訴我…」

★ I didn't know **what** the desk clerk said.

我不知道櫃檯人員說了些什麼。

★ I don't know **who** he is.

我不知道他是誰。

★ I don't know **where I can** find the post office.

我不知道我在哪裡可以找到郵局。

★ I don't know **how** long the river **is**.

我不知道這條河有多長。

c **Tell me** + 疑問詞 + S + V....　「問我／告訴我…」

★ Tell me **what** he had told you.

告訴我他對你說了什麼。

★ Tell me **who** broke the window.

告訴我是誰打碎了玻璃。

★ Tell me **which** room you prefer to live in.

告訴我你更願意住那個房間。

★ Tell me **when** the ceremony begins.

告訴我什麼時候儀式開始。

d 疑問詞 + do you + say/ think/ guess/ believe/ consider/ imagine/ suppose... (+ S) + V...?

(1) Wh- 子句做 know 的受詞。一樣要注意子句中的字序是 S + V，和 15-3 不同。

(2) 這個句型表示徵求對方意見。句子中 do you say/ think/ guess... 是主要子句（疑問句的結構），Wh- 子句做這幾個動詞的受詞，子句中的字序還是 S + V。

★ **Why** do you say Mark **worked** better than David did?

你為什麼說 Mark 工作比 David 好？

★ **What** do you think the boy's mother **will** do when she comes back?

你認為這個男孩的母親回來時應該怎麼做？

★ **Which** do you **consider** the man **would** choose?

你認為這個男人會選擇哪一個？

★ **When** do you **suppose** he **will** come?

你猜他什麼時候能來？

15-5 其他常用疑問句句型

a **What's wrong with...?**

What's the matter with...?

「…怎麼了／出了什麼事？」

★ **What's wrong with** him?

他怎麼了？

★ **What's wrong with** your car?

你的車出了什麼事？

★ **What's the matter with** Mrs. Smith?

史密斯太太怎麼了

b **What + do/ does/ did + S (sb./ sth.) + look like?**

「…看起來怎麼樣？」

★ **What do** the buildings **look like** in the city?

城市裡的建築物看起來怎樣？

★ **What does** the earth **look like** from the space?

從太空中看地球是什麼樣子的？

★ **What did** the famous city **look like**?

這座著名的城市以前是什麼樣的？

c **What do you think of...?**

How do you feel about/ find/ like + S (sb./ sth.)?

「你覺得…怎麼樣？出了什麼事？」

因為 of 為介係詞，後面接名詞（片語）

★ **What do you think of** this piece of furniture?

你覺得這件傢俱如何？

★ **What do you think of** the novel?

你覺得這本小說怎麼樣？

★ **How do you feel about** Mrs. White's garden?

你覺得 White 太太的花園怎麼樣？

★ **How do you find** this new movie?

你覺得這部新電影如何？

★ **How do you like** your new coat?

你覺得你的新大衣怎麼樣？

d 詢問原因或理由

Why + Aux + S + V...?

➜ **What + Aux + S + V...for?**

➜ **For what + Aux + S + V...?**

➜ **How come + S + V...?**

「為什麼…做…？」

★ **Why** do you turn on the light?

你為什麼開燈？（你開燈幹什麼？）

★ **What** are you doing it for?

你為什麼要做那件事？

★ **For what** did you go out in such a heavy rain?

下這麼大雨，你為什麼還出去？

★ **How come** you look so different today?

為什麼你今天看起來很不一樣？

e 詢問或提出建議

How about

What about　　　　**+ V-ing/ N (P)...?**

What do you say to

「…怎麼樣？」

此句型表示提議，多用於口語。因為 about、to 為介係詞，後面接名詞（片語）。

★ **How about** coming to our house tomorrow?

明天到我家來玩，怎麼樣？

★ **What about** playing tennis?

玩會網球，怎麼樣？

★ **What do you say to** continuing our experiment?

我們來繼續做實驗，怎麼樣？

15-6 附加問句

前面為陳述句，用逗號分開；後面是附加問句由助動詞或情態助動詞加主詞（代替陳述句主詞的代名詞），句子末尾使用問號。

a **S (+ Aux) + V/ be..., isn't/ aren't/ doesn't/ didn't... + S?**

「…做（是）…，對嗎？」

(1) 如果前面的陳述句是肯定結構，後面的附加問句則常用否定結構。附加問句的主詞須用指代陳述句主詞的代名詞。

(2) 如果陳述句中含有一般動詞，則在附加問句中使用 do 的不同形式。

(3) 原則上附加問句是根據主要子句來構成的。也就是 He said 是主要子句，附加問句是 didn't he?

★ Tom is a student, **isn't he**?

湯姆是一名學生，對嗎？

★ The Rockies **are** the greatest mountain in North America , **aren't they**?

洛基山脈是北美最大的山脈，對嗎？

★ The teachers **are** having their weekly meeting, **aren't they**?

老師們正在召開每週例會，不是嗎？

★ That **was** a hundred years, **wasn't it**?

那是 100 年前的事了，不是嗎？

★ You **will** know what to do next time, **won't you**?

你下次就會知道如何去做了，不是嗎？

★ You **could** do me a favor, **couldn't you**?

你幫我個忙，行嗎？

★ He **likes** fishing, **doesn't he**?

他喜歡釣魚，不是嗎？

★ The little boy **ate** them all, **didn't he**?

小男孩把它們都吃了，對嗎？

b S₁ + (Aux) V₁/ be + (that) + S₂ + (Aux) V₂/ be..., Aux/ be + not + S?

主要子句是 I suppose、I think、I believe、I imagine、I expect 時，在邏輯上是不可能反問自己，當然焦點就在之後的從屬子句。所以此句型附加問句是根據從屬子句構成的。附加問句的主詞和受詞要和子句的主詞受詞保持一致關係。

★ **He** said his son had gone abroad, **didn't he**?

他說他兒子出國了，不是嗎？

★ **I** think his decision isn't reasonable, **is it**?

我認為他的決定不明智，對嗎？

★ **I** supposed Tom was right, **wasn't he**?

我推測湯姆是對的，不是嗎？

★ **I** believe that names have certain effects on people, **don't they**?

我堅信名字對人有一定的影響，不是嗎？

c S + Aux/ be + not + V..., Aux/ be + S?　　「…不…，對嗎？」

當陳述部分是並列句時，附加問句要根據離它最近的子句構成。

★ You **can't** tell me the truth, **can you**?

你難道不能告訴我真相嗎？

★ John **doesn't** like chicken, **does he**?

約翰不喜歡吃雞肉，是嗎？

★ Your parents **haven't** returned from New York yet, **have they**?

你的父母還沒有從紐約回來，是嗎？

★ We **weren't** late, **were we**?

我們沒有遲到，對嗎？

d 特殊附加問句

$$\left\{\begin{array}{l}\textbf{Everyone/ Anyone} \\ \textbf{These/ Those}\end{array}\right. + \textbf{(Aux) V/ be..., Aux/ be + not + they?}$$

「每個人都…不是嗎？」

(1) 前面的陳述句如是否定結構，後面的附加問句則常用肯定結構。

(2) 陳述句以 everyone、these 為主詞，附加問句的主詞需用 they。

★ **Everyone** in the town liked Mary, **didn't they**?

　　小鎮裡每個居民都喜歡 Mary，不是嗎？

★ **Nobody** wanted to attend the meeting, **do they**?

　　沒有人想去開會，是嗎？

★ **These** are your classmates, **aren't they**?

　　他們是你的同學，對嗎？

★ **Those** were the letters you wanted to post, **weren't they**?

　　那些是你要郵寄的信件，不是嗎？

e
$$\left\{\begin{array}{l}\textbf{Everything/ Something...} \\ \textbf{V-ing...} \\ \textbf{To V...} \\ \textbf{Wh-clause} \\ \textbf{This/ That}\end{array}\right. + \textbf{(Aux) V/ be..., Aux/ be + not + it?}$$

以 everything，動名詞片語，不定式詞，Wh- 子句以及 this/ that 為陳述句的主詞，
附加問句的主詞需用 it。

★ **Everything** seems in a mess, **doesn't it**?

　　每件事情都亂成一團，是嗎？

★ **Swimming is** good for our health, **isn't it**?

　　游泳有利於身體健康，是嗎？

★ **To hold** a meeting in the morning **will be** nice for everyone, **won't it**?

早上開會對每個人都很好，不是嗎？

★ **What had** been proved seemed reasonable, **didn't it**?

那些已經被證明的（理論）似乎很有道理，不是嗎？

★ **This is** unusual, **isn't it**?

這件事情非同尋常，不是嗎？

f There + be..., be + not + there?

陳述句為 there be 形式時，附加問句也為 there be 的形式。

★ **There is** a picture for me, **isn't there**?

有我的一張照片，不是嗎？

★ **There were** potential customers for this product, **weren't there**?

會有顧客購買這種產品的，不是嗎？

g 祈使句的附加問句

(1) 祈使句是肯定形式，附加疑問句用肯定、否定均可 (表示邀請)。祈使句是否定形式，附加問句只能用 will you。

(2) Let's 在意義上包含談話的對方在內，表示提出建議或徵求對方意見，附加問句用 shall we，也可以用 OK 或 all right。

(3) Let us 在意義上一般不包含談話的對方在內，表示請求對方允許做某事的含義。附加問句部分用 will you。

(4) Let me 開頭表示請求，附加問句用 will you，或用 may I。

★ **Come** and join us, **won't you**?

來加入我們，如何？

★ **Come** and help, **will you**?

來幫個忙，怎麼樣？

★ **Turn off** the light when you leave the room, **will you**?

走時把燈關上，行嗎？

★ **Don't** do that again, **will you**?

別再那樣了，行嗎？

★ **Let's** start early, **shall we**?

我們早點出發，怎麼樣？

★ **Let's** not disturb them, **OK/ all right**?

我們別再打擾他們了，怎麼樣？

★ **Let us** finish the talk, **will you**?

你難道不能讓我們把話談完嗎？

★ **Let me** come into the house, **may I**?

讓我進去吧，好嗎？

感嘆句

16-1 what 引導的感嘆句

表示驚訝、感嘆，句尾用驚嘆號。

a what + a/ an + (Adj) + 單數 N + S + V...!

注意以 what 構成的感嘆句，它感嘆的是名詞的部分，其字序是形容詞出現在名詞前。
有時形容詞可以省略。

★ **What** a beautiful **scene (it is)**！

多美的景色啊！

★ **What** an exciting **movie (it is)**!

多刺激的電影啊！

★ **What** a beautiful/ lousy **day (it is)**！

真是美好／倒楣的一天！

b what + Adj + 複數 N + S + V...!

★ **What** pretty flowers you grow in your garden!

你花園裡種的花太美了！

★ **What** foolish mistakes I have made!

我犯了多麼愚蠢的錯誤！

16-2　How 引導的感嘆句

a　How + Adj/ Adv + S + be/ V...!

注意以 how 構成的感嘆句，它感嘆的是形容詞或副詞部分，在 how 之後通常緊接著是形容詞或副詞。有時 how 之後可省略副詞。

★ **How** blue the sky **was**!

　天空多藍啊！

★ **How** quietly the cat **walks**!

　貓走起路來腳步真輕！

b　How + S + V...!

★ **How** (fast) time **flies**!

　時間過得真快呀！

★ **How** (hard) they **worked**!

　他們真努力工作！

16-3　其他感嘆句

If only + S + V/ be...!　「要是…就好了」

If only 的感嘆句表達「強烈的願望或遺憾」，但是事實不是如此。此句型中的動詞要用假設法動詞（與現在事實相反用過去式，Be 動詞用 were，與過去事實相反用過去完成式）。

★ **If only** I **had gone** there by taxi!

　要是我搭計程車去就好了！

★ **If only** I **were** you!

　要是我能成為你就好了！

★ **If only** God **could** make my cat come to life!

　要是上帝可以讓我的貓復活多好！

 否定句

17-1 一般否定句

藉由 not 構成否定句：

a S + be(is/ are/ was/ were) + not....　「…不是…」

在 be 動詞之後加上 not

★ Robert **is not** a student.

羅伯特不是一名學生。

★ They **are not** close friends.

他們不是親密的朋友。

★ I **was not** sleeping very well.

我總是睡不好覺。

★ The balloons **were not** red.

氣球不是紅色的。

b S + Aux + not + V　「…不（做）…」

(1) 肯定句的一般動詞為第一人稱、第二人稱、第三人稱複數時在動詞前加上 don't，動詞為第三人稱單數時在動詞前加 doesn't。動詞變成原形，動詞為過去式時，在動詞前加 didn't，動詞變成原形。

(2) 肯定句有情態助動詞時，就在助動詞後加上 not，構成否定句。

★ I **don't like** pop music。

我不喜歡流行音樂。

★ Henry **doesn't want** to play TV games.

Henry 不喜歡玩電視遊樂器。

★ The doctor **didn't prescribe** him any medicine.

醫生沒有給他藥。

★ The engineers **haven't finished** the project yet.

工程師還沒有完成這個專案的工作。

★ The little boy **couldn't find** his way home.

這個小男孩找不到回家的路了。

★ You **shouldn't be** late for this important meeting.

你不應該在這場重要的會議中遲到。

★ I **won't tell** my sister what happened to Harvey this morning.

我不會告訴我姊今天早上 Harvey 遇到了什麼。

★ Mr. Liu **may not be** in his office now.

劉先生也許現在不在辦公室裡。

17-2 雙重否定

在此種句型中，有兩個表示否定意義的詞，一般是用於表達強烈的肯定語氣。

有的時候，雙重否定句表示肯定的意思。

a no/ never/ nothing..., but (+ S) + V....

★ There is **no doubt** you were late, **but** you could explain.

毫無疑問你遲到了，但是你可以解釋原因。

★ There was **nothing wrong** to say hello to him, **but** you have to be careful to talk to him.

你跟他打招呼沒有問題，但是跟他說話可要小心。

★ John has **never lost** his temper, **but** this time is an exception.

約翰從來沒有發過脾氣，但這次是個例外。

b no/ never...without + N/ V-ing....

★ **No person can** achieve his goal **without** working hard.

每個人都要通過努力才能實現自己的目標。(沒有人能夠不經努力就實現自己目標。)

★ **Never** say anything **without** his permission.

一定要經過他的允許再發佈消息。(沒有經過他的允許千萬不要發佈任何消息。)

17-3 部分否定

all/ both/ every...not....

➔ **not + all/ both/ every....**

「不是所有…都…」

★ **All** that glisters **is not** gold.

發光的不一定都是金子。

★ **Not both** the parties agreed on the argument.

雙方不都同意這一觀點。

★ **Not every** student has the chance to study abroad.

不是每個學生都有出國留學的機會。

★ **Not all** body languages can be used to communicate between people from different cultures.

不是所有的肢體語言都能夠應用於不同文化背景人們之間的交流。

17-4 其他表否定句型

a S + fail to + ... ➡ S + be unable to + V.... 「⋯沒能⋯」

★ They **failed to** finish the work before the deadline.

➡ They **were unable to** finish the work before the deadline.

他們沒能在最後期限內完成工作。

b not/ never + fail to + V ➡ V + without fail 「⋯從不⋯」

★ David **never failed to** write to his mother every week.

➡ David wrote to his mother every week **without** fail.

David 每周都給母親寫信。

c It goes without saying that + S + V.... 「不用說，⋯」

此句型相當於雙重否定，強調的是肯定的語氣

★ **It goes without saying that** all human beings should join their efforts to protect the environment.

不用說，全人類都要共同努力保護環境。

😊 Extra | Needless to say, S + V....

★ **Needless to say**, that it is important to be punctual.

不用說，守時是很重要的。

d S + be + far from + Adj 「⋯一點也不⋯」

★ Her husband was **far from** handsome.

她的先生長得一點也不英俊。

除了 far from 其他用來表示「一點也不」，或「絕不」的用法

★ His record is **anything but** perfect.

他的記錄一點都不完美。

★ The matter at hand is **by no means** important.

手頭正在處理的事情一點也不重要。

★ The girl is **not** selfish **at all**.

這女孩一點都不自私。

★ I'm **not in the least** surprised at your reaction.

我對你的反應一點都不驚訝。

e **S + be + not so much...as....   「…沒有…如此多」**

★ His money is **not so much as** yours.

他的錢沒有你的那麼多。

f **S + V +** $\begin{cases} \textbf{no + N (P)} \\ \textbf{nobody...other than....} \\ \textbf{nothing....} \end{cases}$

★ John has **no** brothers.

John 沒有兄弟。

★ I had **nobody** in the city **other than** my sister.

在這座城市，我只有我妹妹這麼一位親人。

★ His grandpa had **nothing** interesting to tell him.

他的爺爺沒有什麼有趣的事情要告訴他。

18 假設語氣

18-1 與現在事實相反

If + S + V-ed/ were/ Aux V..., S + would/ should/ could/ might + V....

本句型中 if 引導的條件子句表示「與現在事實相反的情況或不可能發生的事情」。

(1) 條件子句的動詞要使用過去式，主要子句則需使用過去式的情態助動詞。

(2) 條件子句中不管主詞為第幾人稱，在假設語氣的狀況之下，be 動詞多用 were。

★ If I **had** enough money, I **would go** abroad to study.

如果我有足夠的錢，我就去國外讀書.

(The truth is that I don't have enough money, so I do not go abroad to study.)

★ If my parents **were** here together with me, I **would be** very happy.

如果我父母和我一起在這兒，我會非常高興。

(The truth is that my parents are not here with me, so I'm not very happy.)

★ If I **could translate** this difficult sentence, I **would tell** you.

如果我會翻譯這個難句子，我就會告訴你。

(The truth is that I can't translate this difficult sentence, so I don't tell you.)

★ If he **lived** nearby, he **might come** to visit us now and then.

如果他住在附近的話，他可能會不時來看望我們。

(The truth is that he doesn't live nearby, so he may not come to visit us now and then.)

若條件子句與主要子句的位置互調，則一般會拿掉兩個子句之間的逗點。

★ If I **knew** how to drive a car, I **would** teach you.

➡ I **would** teach you if I **knew** how to drive a car.

☺ **Extra**　　　直說法的條件句

多用於陳述一個事實或用來表現未來很可能發生的事，沒有與事實相反的含意，也就是直說法並不屬於假設語氣的一種。（參考 4-2a）

★ If he **sets** out at seven o'clock, **he'll arrive** here on time.

如果他七點動身的話，他就能按時到這。（這件事情是完全有可能發生的）

18-2　與過去事實相反

If + S + had + V-en..., S + would/ should/ could/ might + have + V-en....

由 if 引導的條件子句表示「與過去事實相反的情況或不可能發生的事情」。

(1) 條件子句的動詞要使用 had + V-en，主要子句在過去式的情態助動詞加上 have + V-en。條件子句中不管主詞為第幾人稱，動詞都用 had 加完成式。

(2) 主要子句的否定 not 要放在助動詞的後面。

★ If she **had worked** hard enough, she **would not have failed** in French.

如果她學習足夠努力的話，她的法語就不會不及格。

(The truth is that she didn't work hard enough, so she failed in French.)

★ If I **hadn't been caught** in the rain, I **should have come** earlier to help you.

如果我不是遇到了大雨，我本來可以早點來幫助你。

(The truth is that I was caught in the rain, so I didn't come earlier to help you earlier.)

★ If I **had practiced** more, my oral English **could have been improved** a lot.

如果我勤加練習的話，我的英文口語可能已經有了很大提高。

(The truth is that I didn't practice more, so my oral English didn't improve a lot.)

★ If he **hadn't lost** the last game, he **might have become** the youngest championship.

如果他沒有輸掉最後一場，他可能已經成為最年輕的冠軍。

(The truth is that he lost the last game, so he didn't become the youngest championship.)

18-3 表示未來不可能或非常不可能

If + S + <u>were to</u> / <u>should</u> + V..., S + would/ should/ could/ might + V....

if 引導的條件子句表示「將來不大可能實現的事情或對將來時態的不可能成真的想像」。

(1) 條件子句動詞要用 were to 或 should + V，主要子句則用過去式的情態助動詞 + V。

(2) were to 的語意「未來絕對不可能」；should 的語意「萬一」，可能性比 were to 高。

★ If I **were to become** a king, I **would govern** my country well.

要是我能當上國王的話，我會把國家治理的很好。

(The truth is that I'll never become a king, so I'll not need to govern my country.)

★ If the sun **were to rotate** around the earth someday, what **would be** the outcome?

要是有朝一日太陽圍繞地球轉，將會有什麼後果？

(The truth is that the sun will never rotate around the earth, so there would be no outcome.)

★ If it **should snow** tomorrow, I **could not go** to attend your wedding.

萬一明天下雪，我就不能去參加你的婚禮了。

(The truth is that it is not going to snow tomorrow, so I can go to attend your wedding.)

★ If she **should ask** me, I **might not tell** her.

萬一她問我，我可能不會告訴她。

(The truth is that she'll not ask me, so I'll not tell her.)

18-4 倒裝句（省略 if）

Were + S + N/ Adj,	S + would/ should/ could/ might + V....
Had + S + V-en...,	S + would/ should/ could/ might + have + V-en....
Should + S + V...,	S + would/ should/ could/ might + V....

若條件子句中動詞為 were, had, should 等詞時，可以把這些詞提到主詞前面，if 可以省略，而主要子句的字序保持不變。

★ **Were** I your father, I **would be** very proud of you.

如果我是你父親，我會為你感到非常驕傲。

(If I were your father, I would be very proud of you.)

★ **Were** the kids old enough, they **should learn** how to eat by themselves.

如果小孩足夠大了，他們應該學習自己吃飯。

(If the kids were old enough, they should learn how to eat by themselves.)

★ **Had** I **set out** earlier, I **wouldn't have missed** the train.

如果我早一點動身，就不會誤了火車。

(If I had set out earlier, I wouldn't have missed the train.)

★ **Had** I **studied** harder, I **could have been** a college student then.

如果我更加努力學習的話，我那時可能已經是大學生了。

(If I had studied harder in my high school, I could have been a college student then.)

★ **Should** we **met** at 4 p.m., we **couldn't be** late for the dinner.

如果我們下午四點見面的話，那我們就不可能趕不上晚餐。

(If I should leave at six o'clock, I couldn't be late for class.)

★ **Should** there **be** a heavy rain, we **might not get** there on time.

如果遇上大雨，我們不可能準時到達。

(If there should be a heavy rain, we might not get there on time.)

18-5 wish 的假設語氣

S + wish (that) S + were/ V-ed/ had V-en/ would....

wish 引導名詞子句，在子句中說明不可能的願望，所以動詞要用假設法動詞。表示與現在事實相反時，名詞子句中的動詞要用 were 或動詞過去式。

(1) 表示與過去事實相反時，名詞子句中的動詞要用過去完成式。

(2) 表示對將來的假設時，名詞子句中的動詞要用過去式的情態助動詞。

★ The little girl **wishes** she **were** a fish.

小女孩希望自己是條魚。.

★ I **wish** I **didn't make** that silly mistake.

要是我沒犯如此愚蠢的錯誤就好了。

★ I **wish** I **hadn't drunk** so much yesterday.

要是我昨天沒喝那麼多就好了。

★ I **wish** you **could come** tomorrow morning.

但願你明天能來。

 小叮嚀

wish 引導的受詞子句要用假設語氣；hope 引導的受詞子句要用直說法。

★ I **hope** I can get to the airport on time.

18-6 as if 或 as though 的假設語氣

S + V... + as if/ as though + S + were/ V-ed/ had V-en....

as if、as though 表示「彷彿，好像」之意，可以引導條件子句表達與事實不符的假設。

as if 和 **as though** 的意思完全相同，可以互換使用。

★ It's chill today. It seems **as if/ as though** it **were** winter already.

今天很冷，彷彿已經是冬天了。

★ The man in black suit talks **as if/ as though** he **knew** everything about me.

穿黑西裝的男人說話，好像他知道所有我所有的事情一樣。

★ He knew all about yesterday's meeting **as if/ as though** he **had attended** it.

他知道昨天會議的每件事，就好像昨天來開會了一樣。

★ The waiter in this restaurant served me well **as if/ as though** I were the President.

這家餐廳的服務生對我的服務很周到，就像我是總統一樣。

☺ Extra | 直說法

如果主要子句所陳述的是根據實際情況做出的推測，那麼 as if 或 as though 引導的子句則不使用假設語氣，使用「直說法」。

★ It becomes darker and darker. It looks **as if** it is going to rain.

天越來越黑了，看起來要下雨了。

（這是根據天氣做出的推測，是可能發生的，所以用直說法。）

★ The milk smells **as if** it turns sour.

牛奶聞起來像是變質了。

（這是根據牛奶的氣味做出的判斷。）

18-7　even if 的假設語氣

Even if + S + were/ V-ed..., S + would/ should/ could/ might + V....

Even if 引導副詞子句，意為「即使…也…」。even 是個副詞強調 if，所以 even if 語氣比 if 強，它的用法和 if 類似，除了可以表達「對未來的推測」之外，還可以表達「與事實相反的假設」。

★ **Even if** I <u>were</u> a billionaire, I <u>would not buy</u> that luxurious car.

　　即使我是億萬富翁，我也不會買那部豪華轎車。（事實上我不是）

★ **Even if** he <u>passed</u> the exam, he <u>should go</u> on with his study.

　　他即使是通過了考試，也應該繼續學習。

😊 **Extra**　　**even though (=despite the fact that/ though)**

　由 even 這個副詞加強 though 而來，它的意思和 though 一樣都是「雖然」。even though 引導的子句陳述的是**事實**，和 even if 意思和用法都不同。

★ **Even though** I am a billionaire, I won't buy that luxurious car.

　　雖然我是億萬富翁，我不會去買那部豪華轎車。（事實上我是億萬富翁）

18-8　It is about/ high time (that)... 假設語氣

It + be + about/ high time (that) + S + V-ed/ were/ should V....

(1) 表示該做某事了，是做某事的時候了

(2) 如果強調時間緊迫，刻不容緩，就在 time 前面加上 about 或者 high，表示「真該…」，「真是到了…時候」。

★ **It is about time** (that) we got up.

　　我們該起床了。

★ We can not always stay home. **It is about time** (that) we were adult.

　　我們不能永遠待在家裡。我們應該作個成年人了。

★ **It is high time** (that) they should take some measures to prevent such events from happening.

　　他們真該採取措施防止此類事件再發生了。

★ **It is high time** (that) the government should build more houses for people.

　　政府真該為人民建設更多的房子了。

18-9 其他形式的假設語氣

a 表示「如果不是／沒有…」的假設語氣

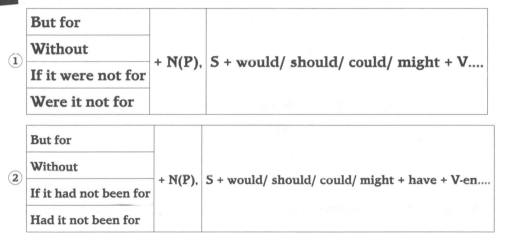

But for 和 Without 和 If it were not for 引導的子句都是表示「如果不是／沒有…」。

(1)「一般或將來」的情況，意思是「如果不是／沒有…，就／就會…」。

(2)「過去」的情況，意思是「如果不是／沒有…，當時就／就會…」。

　★ **If it were not for** media, we **would not be** informed of the news.

　　　如果沒有媒體，我們就不會得知新聞。

　★ **Were it not for** water, there **would be** no life on the earth.

　　　如果沒有水，地球上就沒有生命了。

★ **Without** his disturbance, we **would have finished** the work last month.

要不是他打擾，我們上個月就能完成工作了。

★ **But for** his help, we **could not have attained** our goal.

要不是有他的幫助，我們就不可能達到目標。

★ **If it hadn't been for** your help, I **could not have survived** the disaster.

要不是有你幫忙，我可能無法撐過這場災難。

★ **Without** the funds, refugees **would have found** it hard to survive.

要不是有這項基金，難民們可能就無以度日了。

b 表示「堅持／建議／要求／命令…」的假設語氣

S + insist/ suggest/ ask/ order + that + S (+ should) + V（原形）....

(1) 這個句型的主要子句表示堅持、建議、要求或者命令某人做什麼。that 引導的受詞子句表示某人要做的具體事情。

(2) 在子句中無論任何人稱用原形動詞表達非事實的假設。

(3) 常用動詞還有：propose/ desire/ demand/ command/ request/ advise/ urge/ recommend/ require 等。

★ The policeman **insists** that we (should) **show** our driving license.

員警堅持要我們出示駕駛執照。

★ The professor **suggests** that Amy (should) **go** abroad to further her study.

教授建議 Amy 出國繼續學習。

★ The teacher **asked** that students (should) **preview** new units.

老師讓學生們預習新的單元。

★ Mom **ordered** that the children (should) **have** a bath before going to bed.

媽媽要求孩子們先洗澡再睡覺。

c 表達「說話者」的主觀意見

It + be + Adj + that + S (+ should) + V....

...N + that + S (+ should) + V....

(1) 這個句型表示說話人認為自己或他人應該如何。主要子句的形容詞或名詞通常也都是表示堅持、建議、要求和命令的。

(2) 句型中的 it 是虛主詞,代替整個主詞子句。子句中的動詞用 (should) + V 為假設語氣結構。

表達語意	形容詞 (Adj.)	名詞 (N.)
表示堅持的	insistent	insistence
表示建議的	advisable, desirable, urgent, appropriate	advice, desire, urge, proposal, suggestion
表示要求的	essential, important, necessary	demand, must, requirement
表示命令的		order, instruction

★ Mr. Ford is still **insistent** that all his products (should) **be** handmade.
Ford 先生仍堅持他的產品手工製作。

★ Despite Mr. Hancock's **insistence** that we (should) **reach** an agreement at once, we think it is impossible to do so.
雖然 Hancock 先生堅持我們必須馬上達成協議,我們認為這不可能達成。

★ It is **desirable** that people who travel to France (should) **learn** some French.
建議到法國去旅行的人學習一些法文。

★ Clinton still showed her strong **desire** that she (should) **run** for the presidency, though Obama led the campaign in the Democratic primaries.
雖然 Obama 在民主黨初選中居於領先,Hillary 依然表達強烈的意願競選總統。

★ It is **urgent** that we (should) **implement** the law to protect citizens.
我們急需執行法律來保護市民。

★ It is an additional **requirement** that all applicants (should) **prepare** 10-minutes-presentation for admission to this department.
有條這特殊的規定就是,所有申請進入此系的人需要準備 10 分鐘的報告。

★ It's **essential** that we human beings (should) **protect** our environment.

我們人類很有必要保護我們的環境。

★ It's **important** that people (should) **stay** calm when facing a crisis.

人在面對危機時保持冷靜很重要。

★ It was an unreasonable **demand** that staff in this department (should) **work** overtime without extra pay.

這個部門的員工加班卻沒有加班費，真是個不合理的規定。

★ It is a **must** that children (should) **eat** spinach and carrot though they don't like to do so.

兒童必須要吃菠菜及胡蘿蔔，雖然他們並不喜歡吃。

 Extra   **It + be of + N (necessary/ importance) + that + S (+ should) + V....**

後面的主詞也要使用假設語氣。

★ It's **of** great **importance** that you (should)......

★ It's **of necessity** that we (should)......

d **It + be + Adj/ N + that + S + should + V....**

表示說話人的驚異、懊悔、失望等情感，意為「竟然，居然」。這樣的形容詞還有 interesting、odd、astonishing、sorry 等，也屬假設語氣的一種。

★ It's very **strange** that he **should write** very good English.

很奇怪他居然會寫這麼好的英語。

★ It's **surprising** that Krimali **should survive** the tsunami.

Krimali 竟然在海嘯中倖免於難，真令人意外。

★ It's **a pity** that Rose **should be treated** so unfairly.

很遺憾 Rose 受居然到如此不公正的對待。

倒裝句型

英語中的倒裝是指一個句子中的動詞位於主詞之前。倒裝有兩種類型：「全部倒裝」和「部分倒裝」。全部倒裝是指動詞置於主詞之前，如：Here comes the tour bus.；部分倒裝是指句子中的助動詞或情態動詞位於主詞之前，這類倒裝主詞和動詞的字序和疑問句的字句相同，如：Only in this way can we do it better.

19-1 否定副詞的倒裝（部分倒裝）

$$
\text{Negative Adverb} + \begin{cases} \text{be + S} \\ \text{Aux + S + V} \\ \text{have/ has/ had + S + V-en} \end{cases}
$$

否定副詞

at no time、hardly...when、in no way、little、neither、never、no sooner...than、no longer、nor、not only...but also、nowhere、on no account、rarely、scarcely...when、seldom、under no circumstances …

★ **At no time** would we forget what he has done for us.

我們決不會忘記他為我們所做的。

★ **Hardly/ Scarcely** had we got on the bus when it began to rain.

我們剛上車，就開始下雨了。

★ **Little** did I **know** that she had already left.

　我一點也不知道她已經離開了。

★ I didn't remember what Diana has said. **Neither** did I want to know that.

　我不記得 Diana 說了什麼，我也不想知道那些。

★ **Never** in all my life have I heard such nonsense!

　我從未聽說過這種胡說。

★ **No sooner** had he seen his father **than** he ran away.

　他一看到父親就跑了。

★ **Not only** did he win the champion, **but** he **also** broke the world record.

　他不僅獲得了比賽的冠軍，而且打破了世界記錄。

★ **Nowhere** is the air pollution more severe than in Beijing.

　空氣污染在任何地方都不會比北京嚴重。

★ **On no account/ Under no circumstance** will I be allowed to drink.

　無論如何我不被允許喝酒。

19-2 so, neither, nor 的倒裝（部分倒裝）

a ..., and + so + Aux/ be + S.

　➲ ..., and + S + Aux/ be, too.

　➲ So + Aux/ be + S.

　★ My brother can speak French, and **so can** my sister.

　　➲ My brother can speak French , and my sister **can, too**.

　　我哥哥會說法語, 我姐姐也會。

　★ My sister enjoys reading novels, and **so do I**.

　　➲ My sister enjoys reading novels, and I **do, too**.

　　我姐姐喜歡讀小說，我也喜歡。

★ Tom is a doctor, and **so am I**.

　　⬅ Tom is a doctor, and **I am, too**.

　　Tom 是醫生，我也是。

★ "She was late." "**So was I.**"

　　「你遲到了。」「我也一樣。」

b ..., and + neither/ nor + Aux/ be + S.

　⬅ ...., and + S + Aux/ be + not, either.

　⬅ Nor Aux/ be + S.

★ I haven't read the book. **Neither have I.**

　　⬅ I haven't read the book, and I **haven't, either**.

　　我沒看過這本書。我也沒看過。

★ I didn't go out, and **neither did my mother**.

　　⬅ I didn't go out, and my mother **didn't, either**.

　　我沒外出，我母親也沒外出。

★ "She hasn't been to New York." "**Nor have I.**"

　　「她沒去過紐約。」「我也沒有。」

19-3　副詞的倒裝

a Here/ There/ Next/ Now/ Then/ First/ Again + V + S.

　一般副詞的倒裝　（全部倒裝）

這種句型的特點是動詞通常是表示「動作和位置」的不及物動詞，如：be、come、go、lie、run、fall、fly、rush、pour、stand、sit、remain、seem、follow、exist 等。

★ **Here** comes my sister.

　　我姐姐來了。

★ **There** stood a desk against the wall.

靠牆放著一張桌子。

★ **Now** comes your turn.

輪到你了。

★ **Then** came the day of his examination.

他考試的日子到了。

★ **Next** comes a new problem.

之後出現新問題。

b 地方副詞（片語）**+ V/ be + S.** （全部倒裝）

這句型中動詞通常是不及物動詞。而地方副詞常常是個介系詞片語。

★ **On the bed** was lying a half-conscious young man.

床上躺著一個半昏迷的年輕人。

★ **Under a tree** were sitting a group of students.

一群學生坐在樹下。

★ **Through the fog** loomed a castle.

一座城堡在霧中隱隱出現。

c **Up/ Away/ Out**（介副詞）**+ V + S** （全部倒裝）

當主詞是代名詞時不適用此句型！

★ **In** came Jack.

傑克進來了。

★ **Up** jumped two large dogs.

兩隻大狗一下子跳了起來。

★ **Out** rushed the children.

孩子們沖了出去。

★ **Away** went the car like whirlwind.

汽車旋風般地開走了。

d 表次數或頻率的副詞 + Aux + S + V.... （部份倒裝）

本句型是可以為了「強調」而將副詞提前構成倒裝，但並不是一定要構成倒裝。

always、every day、every few weeks、every other day、many a time、now and then、often 等。

★ **Often** do we go for a walk together.

我們經常一塊去散步。

★ **Every other day** does she go downtown.

她每隔一天就進一次城。

★ **Many a time** has he tried that method.

那種方法他已經試了許多次。

★ **Many a day** did we spend at the seaside.

我們在海邊度過了許多日子。

e **Only + Adverb Phrases/ Clauses + Aux + S + V....** (部份倒裝)

這些副詞片語或子句都是表示方法，時間或地點的。

★ **Only here/ in the market** can you buy fresh eggs.

你只有在這兒／市場才能買到新鮮的雞蛋。

★ **Only then** did I realize how much my husband loves me.

只是在那時我才意識到我丈夫是多麼地愛我。

★ **Only on very rare occasions** does he give me a word of praise.

他只是偶爾表揚我一句。

★ **Only when** I visited him did I realize how ill he was.

只有當我去看望他的時候，我才意識到他病得多麼重。

★ **Only yesterday** did he find out that his wallet was missing.

只是在昨天他才發現他的錢包丟了。

19-4 主詞補語的倒裝

a So + Adj + be + S + that-clause

★ **So young was** he that you must excuse him.

他很年輕，你一定要原諒他。

★ **So honest** is Tom that we all like him.

湯姆是這樣誠實，我們都喜歡他。

b Such + be + N(P) + that-clause

★ **Such** is an attractive girl that many boys like her.

這樣一個有魅力的女孩以至於很多男孩都很喜歡他。

★ **Such** is a great success novel that it has won the prize.

小說寫得很成功，得了獎。

c Adj/ V-ing/ V-en + be + S.

將形容詞或分詞至於句首構成的倒裝，主要的目的是將句子的焦點移到句尾的主詞，或者是主詞有比較長的修飾語，讓句子可以清楚。

★ **Quick and cheap** will be our service.

我們的服務將會是快速又便宜。

★ **Excited about his admission to** the medical school is Larry.

Larry 對於能進入醫學院很興奮。

★ **Standing beside the table** was the man who was taking a cup of tea.

拿著一杯茶的男人正站在桌子旁邊。

★ **Arriving in the first place in the marathon** was my good friend.

馬拉松比賽第一個抵達的人是我的好朋友。

★ **Located between San Francisco and Oakland** is the Bay Bridge.

灣區大橋位於舊金山與奧克蘭之間。

19-5　省略 If 的倒裝

Were/ Had/ Should + S + V....

★ **Were** I you, I would go to work.

如果我是你，我就去上班了。

★ **Were it not for** your help, I wouldn't have got what I have today.

要是沒有你的幫助，我就不會有今天。

★ **Had** I known it earlier, I wouldn't have lent him the money.

要是早知道這件事，我就不會把錢借給他了。

★ **Had** I come earlier, I would have seen him.

我如果在來一會兒，我就會見到他。

★ **Should** he act like that again, he would be punished.

要是他再這樣做，他就要受到懲罰。

★ **Should** that be true, it would be silly to argue any longer.

假如那是真的，再辯論下去就無聊了。

直接引句和間接引句

說話或寫文章時引用的別人的話叫引語 (Reported Speech)。 在引用被陳述的原話時，被引述的部分叫做直接引句 (Direct Speech)。用引述人的語言所轉述的原話叫做間接引句 (Indirect Speech)。直接引句語和間接引句語都可看作是引述動詞的受詞。

直接引句	He said, "I lost my watch yesterday." 他說：「我昨天把手錶丟了。」
間接引句	He said (that) he had lost his watch the day before. 他說前一天他把手錶丟了。

20-1　敘述句的間接引句

a　人稱的變化

敘述句的直接引句變成間接引句時，成為連接詞 that 引導的名詞子句，同時，根據需要，句子的人稱要作相應的變化。

★ Tom **said**: "**I** want to make a long-distance telephone call."

　Tom 說：「我想打個長途電話。」

　➡ Tom **said (that) he** wanted to make a long-distance telephone call.

　Tom 說他想打個長途電話。

★ "**I** want this one," he **told** us.

　他告訴我們：「我要這一個。」

　➡ He **told us (that) he** wanted that one.

　他告訴我們，他要那一個。

b 引述動詞

引述動詞除了用 say 和 tell 外，還可根據具體情況使用（如新聞報導使用）。

> acknowledge、add、admit、announce、answer、argue、assert、believe、claim、complain、conclude、confess、declare、deny、exclaim、explain、indicate、inform、insist、maintain、mean、note、observe、promise、remark、repeat、reply、report、state、suggest、warn、write

★ Tom **said to us**, "There will be a press conference tonight."

Tom 對我們說：「今天晚上有個記者會。」

➔ Tom **informed us that** there would be a meeting that night.

Tom 通知我們那天晚上有個記者會。

★ Mary **said to them**, "I will certainly be at home tomorrow."

Mary 對他們說：「我明天肯定在家。」

➔ Mary **assured them** that she would certainly be at home the next day.

Mary 向他們保證，她第二天肯定在家。

 Extra   **say** v.s. **tell**

say 和 tell 是最常見的兩個引述動詞，它們既適用於直接引句又適用於間接引句，但兩者在用法上有一些重要區別：

(1) 在直接引句後，say 可與主詞倒裝，而 tell 不能。

(2) say 可以引述直接疑問句，而 tell 不能。

(3) tell 需要間接受詞，而 say 後面的間接受詞可有可無。

(4) tell 既可用於直接祈使句及間接祈使句，而 say 只能用於直接祈使句。

c 限定詞的變化

敘述句的直接引句變成間接引句時，成為連接詞 that 引導的名詞子句。依需要，句子的名詞之前的限定詞（及所有格或指示形容詞）要作相應的變化。

★ He said, "**We** all love **our** parents very much."

他說：「我們都非常喜愛我們的父母親。」

➲ He said (that) **they** all loved **their** parents very much.

他說他們都非常喜愛他們的父母親。

★ She said to us, "**You** can't settle **my** problems."

她對我說：「你解決不了我的問題。」

➲ She told me (that) **I** couldn't settle **her** problems.

她告訴我說，我解決不了她的問題。

d 時間副詞的變化

敘述句的直接引句變成間接引句時，成為連接詞 that 引導的名詞子句，時間副詞的變化與否要視具體情況而定。

★ He said, "They finished the work **a month ago**."

他說：「他們一個月之前就完成了工作。」

➲ He said they **had finished** the work **a month before**.

他說他們在一個月之前就已經完成了工作。

★ The manager said to us, "There **will be** a meeting **this afternoon**."

經理對我們說：「今天下午要開會。」

➲ The manager informed us that there **would be** a meeting **that afternoon**.

經理通知我們那天下午要開會。

★ Mary said, "I **saw** Tom **last week**."

Mary 說：" 我上星期看見 Tom 了。"

➲ Mary said that she **had seen** Tom **last week**.

（在同一星期內轉述，時間副詞可變可不變。）

Mary 說她上星期看見 Tom 了。

時間副詞在間接引句中的變化規則具體對照如下：

直接引語	間接引語
today	that day
now	then
this morning/ week/ year etc.	that morning/ week/ year etc.
yesterday	the day before
the day before yesterday	two days before
tomorrow	the next day/ the following day
the day after tomorrow	in two days/ in two day's time/ two days after
next day/ week/ year etc.	the following day/ week/ year etc
last week/ month/ year	the week/ month/ year before
a year ago	a year before/ the previous year

e 地方副詞的變化

這裡的地方副詞主要是 here 和 there，在直接引句轉換成間接引句的過程中，here 變成 there。

★ "**Your** purse is over **here**." Tom said to the old man.

Tom 對那位老人說：「你的錢包在這裡。」

➡ Tom told the old man that **his** purse was over **there**.

Tom 告訴那位老人他的錢包在那裡。

★ Henry said, "**We** will have a party **here**."

Henry 說：「有一個晚會將在這裡舉行。」

➡ Henry said **they** will have a party **there**.

Henry 說有一個晚會將在那裡舉行。

f 時態的變化

敘述句直接引句變成間接引語時，引句中動詞的時態要進行對應的變化。

★ "I **feel** ill **today**."

「我今天不舒服。」

➲ He said (that) he **felt** ill **that day**.

他說他那天不舒服。

★ "I **am not** staying any longer."

「我不再呆下去了。」

➲ He said (that) he **wasn't** staying any longer.

他說他不再呆下去了。

★ "I **have had** enough."

「我吃飽了。」

➲ He told me (that) he **had had** enough.

他告訴我他吃飽了。

★ "I **have been** waiting for ages."

「我等了很久了。」

➲ He said he **had been** waiting for ages.

他說他等了好久了。

★ "I **forgot** it."

「我忘了。」

➲ He said that he **had forgotten** it.

他說他把它忘了。

★ "I **will telephone** soon."

「我很快就打電話。」

➲ He said that he **would telephone** soon.

他說他很快就打電話。

試以動詞 take 為例對照如下：

直接引語		間接引語	
現在式	takes	過去式	took
現在進行式	is taking	過去進行式	was taking
現在完成式	has taken	過去完成式	had taken
現在完成進行式	has been taking	過去完成進行式	had been taking
過去式	took	過去完成式	had taken
過去完成式	had taken	過去完成式	had taken
未來式	will take	表示過去的單純未來	would take
未來行式	will be taking	表示過去的未來進行式	would be taking
未來完成式	will have taken	表示過去的未來完成式	would have taken

g 時態不變的情況

(1) 所引述的句子是客觀存在、真理、格言或是習慣動作等。

(2) 所引述的原句動詞是假設用法。

(3) 所引述的句子有情態助動詞（如 would、should、ought to、could、must、might 以及 had to、used to、had better 等）。

(4) 所引述的原句動詞為過去完成式。

(5) 原句為現在式、未來式、現在完成式時，所引述的動詞不變。

★ Copernicus said, "**The Earth moves around the Sun**."

哥白尼說：「地球圍繞太陽轉。」

➔ Copernicus said that **the Earth moves around the Sun**.

哥白尼說地球圍繞太陽轉。

★ "They **ought to/ should** reduce the noise pollution," said Tom.

Tom 說：「他們應該降低噪音污染。」

➔ Tom said (that) they **ought to/ should** reduce the noise pollution.

Tom 說他們應該降低噪音污染。

★ "I **had finished** the job when she came."

「她來時我已經完成了工作。」

➔ He said he **had finished** the job when she came.

他說她來時他已經完成了工作。

★ The Premier **will announce** that the government is going to invest 10 billion dollars in the infrastructure development in 5 years.

行政院院長將會宣佈政府要進行五年一百億美金的基礎建設。

★ The ABC Airlines **has promised** that the compensation for the victims of aircrash will be payable next week.

ABC 航空已經保證下週會支付空難罹難者賠償金。

20-2 疑問句的間接引句

a 一般疑問句

(1) 一般疑問句由直接引句變成間接引句時，由 whether 或 if 引導。

(2) 疑問句的直接引句轉變為間接引句，也要參考敘述句轉換的規則，所引述的疑問句在間接引句中要變成敘述句式。引述動詞可以用 inquire、wonder、want to know 等。

★ He asked me, "**Are** you ready?"

他問我：「你準備好了嗎？」

➔ He asked me **whether/ if** I was ready.

他問我是否準備好了。

★ "**Do** you know the way?" he asked.

「你認識這條路嗎？」他問道。

➔ He wanted to know **whether/ if** I knew the way.

他想知道我是否認識這條路。

★ "**Would** you like to bring Mary?" he asked.

「你願意帶 Mary 來嗎？」他問道。

➔ He inquired **whether/ if** I would like to bring Mary.

他詢問我是否願意把 Mary 帶來。

b wh- 問句

wh- 問句由直接引句語變成間接引句語時，仍由原來的疑問詞引導。參考 15-4。

★ "**Where** do you live?" he said.

「你住在哪裡？」：他說道。

➔ He wanted to know **where** I lived.

他想知道我住在哪里。

★ "**What** is this T–shirt made of?" he asked.

「這件 T 恤是什麼做的？」他問道。

➔ He wondered **what** that T–shirt was made of.

他想知道那件 T 恤是什麼做的。

★ Mary asked Willa, "**Who** told you this story?"

Mary 問 Willa 說道：「誰告訴你這個故事？」。

➔ Mary asked **who** has told Willa that story.

Mary 問誰告訴 Willa 這個故事。

c 選擇疑問句

直接引句變成間接引句時，由 whether/ if...or 引導。

★ "**Is** it your room or Tom's?" she asked.

「他是你的房間，還是 Tom 的房間？」她問道。

➔ She asked **whether/ if** it was my room or Tom's.

她問它是我的房間還是 Tom 的房間。

★ "**Do** you like rice or bread?" he asked.

「你喜歡吃米飯還是吃麵包？」他問道。

➔ He wanted to know **whether/ if** I liked the rice or bread.

他想知道我是喜歡吃米飯還是吃麵包。

★ "**Should** I wait for them or go on?" he asked.

「我是應該等他們還是繼續前進呢？」他問道。

➔ He asked **whether/ if** he should wait for them or go on.

他問他是應該等他們還是繼續前進。

20-3 祈使句的間接引句

(1) 直接引句如果是祈使句，變成間接引句後叫做間接祈使句。間接祈使句的引述動詞常用 tell、ask、order、beg、request、urge 等。直接祈使句的動詞變成不定詞，代詞、表示時間或地點的副詞等要作相應的變動。

(2) 如果直接祈使句是否定式，變成間接祈使句時，要用不定詞的否定式 (not + to + V)

(3) 以 let's 開頭的直接祈使句表示「建議」時，間接引語的引述動詞用 suggest，後面跟動名詞片語或子句。

★ Jack **said**, "Please come to my house **tomorrow**, Mary."

Jack 說：「請明天到我家來，瑪麗。」

➔ Jack **asked** Mary to go to his house **the next day**.

Jack 請 Mary 第二天到他家去。

★ The teacher **said to** the students, "Be quiet!"

老師對學生說：「安靜些！」

➔ The teacher **told** the students to be quiet.

老師要求學生們安靜些。

★ He **said**, "Put on your coat, Tom."

他說：「穿上夾克，Tom。」

➲ He **told** Tom to put on his coat.

他告訴 Tom 穿上夾克。

★ "Don't make any noise!" the mother **said to** her children.

「別吵了！」媽媽對孩子們說。

➲ The mother **told** her children not to make any noise.

老師要求孩子們不要吵鬧。

★ He **said**, "Let's go by train."

他說：「咱們坐火車去吧。」

➲ He **suggested** that they should go by train.

他建議坐火車去。

English Grammar Juncture

英文文法階梯

康雅蘭 嚴雅貞　編著

專為想要重新學好文法的讀者所編寫的初級文法教材

- 一網打盡高中職各家版本英文課程所要求的文法基礎，為往後的英語學習打下良好基礎。

- 盡量以句型呈現文法，避免冗長解說，配上簡單易懂的例句，讓學習者在最短時間內掌握重點，建立整體架構。

- 除高中職學生外，也適合讓想要重新自修英文文法的讀者溫故知新之用。

Practical English Grammar

實用英文文法 (完整版)

馬洵 劉紅英 郭立穎　編著

龔慧懿　編審

專為大專學生及在職人士學習英語所編寫的實用文法教材

- 涵蓋英文文法、詞彙分類、句子結構及常用句型。
- 凸顯實用英文文法，定義力求簡明扼要，以圖表條列方式歸納文法重點，概念一目了然。
- 搭配大量例句，情境兼具普遍與專業性，中文翻譯對照，方便自我進修學習。

實用英文文法實戰題本

馬洵 劉紅英　編著

- 完全依據《實用英文文法》出題，實際活用文法概念。
- 試題數量充足，題型涵蓋廣泛，內容符合不同程度讀者需求。
- 除每章的練習題外，另有九回綜合複習試題，加強學習效果。
- 搭配詳盡試題解析本，即時釐清文法學習要點。

Key Sentence Structures 100

關鍵句型100（最新版）

郭慧敏　編著

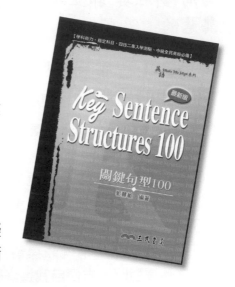

- 整合大考題目，利用14個單元介紹最關鍵的百大句型。
- 著重句型的實用用法，不強記死背公式。
- 針對關鍵句型，延伸補充形似同義句型，學習事半功倍。
- 每個句型搭配翻譯練習題，同時提供模擬大考題型的練習，讓你即時練習，循序漸進掌握大考方向。